ぼくだけの強面ヒーロー！

山田夢猫

Splush文庫

contents

ローカル列車に揺られて、ユキこと日野幸男《ひのゆきお》は窓の外を眺《なが》めていた。

黒い雨雲に、時々小さな稲妻《いなずま》が走る。四人掛けのボックスシートの向かいには、小学生くらいの女の子が座っていて、さっきからユキをちらちら見ている。

ビートルズにしてくださいと言ったら、なぜかこうなった金髪のおかっぱ頭。それにショッキングピンクのセーラーカラー付きTシャツなんぞを着た、男か女かよくわからない、ちまっとした生き物が珍しいのだろう。もうすぐ成人式なのに、同い年くらいに思われているのかもしれない。

女の子に笑いかけてみるが、ぷいっと顔を逸《そ》らされた。なんだよおい。

視線は他の乗客からも感じる。都内から乗り継ぎを三回もして二時間。列車の外には青一面の水田風景が広がる。昭和製の色褪《いろあ》せた車内で、ユキだけが別の世界の生き物のように、全身から原色を放っていた。見るなと言うほうが無理だろう。ここは田舎だから、仕方ない。

イヤホンのボリュームを上げて、膝《ひざ》の上に置いたバックパックを開けた。破れて半分しかないぼろぼろの画用紙を取りだすと、思わず笑みが零《こぼ》れる。それはクレヨンで描かれた、拙《つたな》い拙い拙い絵日記だ。

八がつ五にち（木）
今日台ふうでさいれんがなって、びっくりしました。びっくりしたら、じんじゃの川におちました。ぼくはおよげなくて、たけちゃんが来て、たすけました。でもたけちゃんもいっしょに、おぼれました。たけちゃんは、お父さんにおこられました。ぼくは、わるかったとおもいました。たけちゃんごめんなさい。それから、

絵日記は中途半端なところで終わっている。残りの半分の画用紙がいつからないのかは、もう記憶があやふやだ。何しろ小学一年の時に描いた夏休みの宿題なのだ。

「意外と、こっちの家に残ってたりして」

なんて独り言を呟くと、イヤホンの音楽が途切れ、雨音が漏《も》れてくる。同時に『雨のため列車が遅れています』と車内アナウンス。今年の夏は梅雨が長引きすぎて、八月も中旬に入ったというのに、晴れの日がほとんどない。

イジョーキショーだなあ、地球大丈夫かなあ、と他人事のように思っていると、変わらない木造の駅が見えてくる。列車はゆるりと、こじんまりしたホームに停車した。

重たいスーツケースを引き摺《ず》って階段を上がり、去年できたという自動改札を抜けて、停留所のベンチに腰を下ろす。

路線バスに乗り換えれば、故郷の町はもうすぐだ。

そわそわしながら一番前の座席に腰を下ろしていると、窓の向こうに懐かしいものが見えてくる。

「あっ！」

思わずユキは声を上げる。赤く塗られたその橋梁《きょうりょう》を渡るのは丸四年ぶりだった。

はやる気持ちを抑えきれず、携帯を開く。もうすぐつく！　と打ち込み、画面いっぱいカラフルな絵文字で埋《う》め尽くす。ど派手なメールに目を剝《む》く彼を想像したら、ふひっ、と笑い声が零れた。すぐさまセンターに問い合わせをする。

新着メール０件。新着メール０件。……新着メール０件。

何度やっても変化のない画面を見つめながら、それでも気持ちは弾んで弾んで、飛び跳ねてしまいそうだ。

『次はあかね町商店街、あかね町商店街です』

「はいっ！　はーいっ！　降りますっ！」

アナウンスに浮かれた声で答え、降車ボタンを連打した。いつの間にか音楽の止まっていたイヤホンを引き抜き、バスのステップを駆《か》け下りる。

スーツケースを置き忘れそうになって、慌《あわ》てて座席に引き返す。料金を払い忘れて注意されたが気にしない。傘も忘れたが、それも気にしない。

懐かしい商店街のアーチをくぐって、雨の中ユキは駆け出した。

……迷惑だろうか。

ちらっとよぎった不安を押しやるように、満面の笑みを浮かべて。


四年ぶりのあかね町商店街は、雨にもかかわらずいやに人で溢れている。

幼馴染《おさななじみ》の七尾武《ななおたけし》の背中は、すぐにわかった。

業務用冷蔵庫をひょいっと担《かつ》ぎ上げるついでに、乱暴にタオルで汗を拭《ふ》く。「通るぞ」「危ない」と言葉は基本、用件だけだ。それでも低く単調な声とは裏腹に、商店街を歩く人々を気遣い、一歩一歩慎重に荷物を運んでいく。きっとすごく重いのに、誰にも「手伝って」と言わない。昔からそうだ。よく喋《しゃべ》るのは、みんながいない時だけ。ユキといる時だけ……だった。

「な、七尾っ、来たよっ。……来ちゃった！」

だからユキがポケットの携帯を握りしめて声をかけた時も、彼は冷蔵庫を担いだまま、ちらりとユキを見下ろしただけだった。

力強く意思の固そうな眉。濃い色の瞳。そうして視線を向けられると、本当はなにもかも全部知られているような気がしてきて、もう一度ぎゅっと携帯を握る。

「げ、元気だった？　久しぶりだよ、ねっ」

喋りながら、上がっていく自分の鼓動に気付いて焦《あせ》りが増す。

「タオル持ってんのか」

七尾が発した言葉はそれだけだった。ふっと目を逸らして、作業に戻ってしまう。

七尾の実家である、レトロな酒屋の店先から業務用冷蔵庫を積み込み、続いてふやけた段ボールを運ぶために店へ戻る。目の前を往復しながら、ユキがそこにいるのも忘れているような態度である。

「タオルって……あの、さ。七尾、メール見た？」

恐る恐るユキは聞いてみた。七尾はやはり答えず、積み込み作業に没頭している。

どうしよう、やっぱりそうなのかもしれないと思った。でも思ったところで、もうユキはこの町に来てしまった。だからもう腹を決めて笑顔を作る。なにか、なんでもいいから楽しい話題を。

「ねえ！　ここに来る電車でさー、おれ、また珍獣扱いされちゃったよ。専門学校入って、金髪にしてから特にそうなんだよねっ。あっ！　この前なんかぁ、読モにスカウトされたと思ったら、女の子の募集で！　ねえ、七尾は……」

「変わってない」

「えっ」

急に会話を遮《さえぎ》ってから、七尾はユキを見た。今度は作業のついでではなく、ユキのためだろう。

に振り向いてくれた。それから少し視線が泳ぐ。多分、いつもの短い言葉を探しているの

「お前は昔から、ずっとそうだろ」

——だから大丈夫だ。そう言ってもらえた気がした。

「う……うんっ！　うん、そうだねっ！」

どうやら幼馴染は、まだユキと話してもいいと思ってくれているらしい。

「で、タオルは」

「あ、いっぱいあるよ。ここ、スーツケースのポケット」

「じゃあ道端じゃなくて、ここにいろ。それでタオル出せ」

目で店の軒先にユキをのけると、七尾は再び作業に戻ってしまう。

髪が随分《ずいぶん》伸びている。

記憶と違う。スポーツ刈りだった黒髪はもさもさと眉や目にかかって、俯《うつむ》くと顔に黒い影が落ちる。日に焼けた肌はそのままだが、タンクトップから伸びた腕には無駄のない筋肉がしっかりついている。大人の男になっている。……そう思った途端《とたん》、彼から目を逸らし、慌ててまくし立てていた。

「ていうか幸子《さちこ》のやつ、マジであり得なくない!?　相手の男二十五だよ！　おれらのほうが年近いよ！　やばいとかいうレベルじゃないし、信じられなすぎ！　本気で絶対むり！

今さら再婚とか！」

ユキの母親、幸子は銀座のクラブで働いている。ユキがここ、あかね町に住んでいた頃からずっとだ。

中学まで、ユキは幸子とこの町に暮らしていた。

四歳の時に離婚したという父親の記憶はほとんどない。高校進学を機に都内へ引っ越し、東京の生活にも慣れ、専門学校へ上がった今年の夏。――昨晩、母親は何の前触れもなく、いきなりユキに再婚を報告してきた。仕事中に携帯メールでだ。その衝撃といったらなかった。

「だからおれは、ここでストライクしてやる！」

叫んだユキに、涼しい顔をしていた七尾が、ぽかんと口を開けた。ユキはスーツケースの持ち手をぎゅっと握る。今朝の光景を思い出して、怒りが蘇《よみがえ》ってきた。

都内にあるマンション。夏休みなので起きたのは昼だった。幸子がまだ帰っていないことに気付いたが、店で潰れたのだと思って、特に気にもしなかった。いつものように朝食のパンをトースターにセットしダイニングに向かうと、見慣れない書き置きを見つけた。

〈さっちゃんは倉持《くらもち》くんとハネムーンに行きます！　バリ島で十日間のリゾートよん！〉

隣には無造作にキャッシュカードが置かれていた。慌てて携帯を開くと、今から飛行機！　というメールに、明らかに泥酔《でいすい》した母親と、二十五歳の商社マンだという男の写真が添付されていた。

「ないよね。ふつーないよね。いきなり息子置いて再婚してリゾートとか……。もう絶対、あのマンションに帰ってやるもんか……」

しかも幸子のメールによれば、ハネムーンの後は若すぎるニューお父さんと一緒に暮らすことになっているのだ。

冗談じゃない。ふざけるな、だ。それならこっちだって考えがある、とトースターもそのままに荷造りし、家を飛び出してきたわけである。

怒りに肩を震わせるユキを、七尾は呆《あき》れたように一瞥《いちべつ》し、黙々と荷物を運び続ける。

「幸子さんにだって、幸せになる権利があるだろ」

「おれといるのはシアワセじゃないわけ!?」

「いやだからそういう……、そもそもお前、ストライクじゃないからそれ。ストライキ」

「……ん？」

首を傾《かし》げたユキに、七尾は頭を抱《かか》えた。

「お前、相変わらずバカすぎる」

言って、七尾は店先に置かれた牛乳瓶を取る。作業が一段落したのか軽トラにもたれ、

「ストライクじゃ野球だろ」と零してそれを呷《あお》った。

「えっ、あっ！」

ようやく間違いに気付いて、ユキは顔を赤らめた。七尾の呆れ顔に、むっと頬を膨《ふく》らませる。

「ていうかメールしたじゃん！　なんで返してくんないの！」

家を出て電車に乗り、真っ先にユキは七尾にメールしたのだ。幸子の電話番号は着信拒否にしてやった。少しは反省すればいい。

「お前のメールには主旨がない。基本、どうでもいいことしか書いてない。そもそも誤字が多すぎてマトモに読めん。昔から言ってるだろ、日本語が崩壊してるんだよ」

ふん、と鼻で笑われて、思わずカチンときた。

「おれが帰ってくるのもどうでもいいわけ？」

「……」

「そこ黙る!?」

七尾はしばらく黙ったまま、空《から》になった牛乳瓶を見つめ、頭を掻《か》いた。

「だってお前いきなり、今まで――、……おれは消防団で忙しい」

「七尾のばかうんこ！　おれたち親友なのに！」

「んなばかでかい声で、小学生かお前は」

苦笑した七尾を見上げて、ユキは口をへの字に曲げる。昔から、メールの返事はユキ十通につき、七尾一通だ。引っ越してからはあまりに返事がこないので、ほとんど送らなくなった。今日メールしている時に気付いたが、まともな連絡をしたのはなんと二年ぶりだ。

……二年も連絡しない関係が「親友」と言えるのかどうかは、考えないようにしている。それでも、メリクリ、あけおめ、ハピバ、そんな特別な日には、画面いっぱいの絵文字を付けてメッセージを送った。返事はこなかった。

今日だって、一大事の日だったから、勇気を出して送ったのに。

「……消防団とか、楽しいわけ」

不貞腐《ふてくさ》れて、ユキは聞いた。七尾はここ、七尾酒店の跡取り息子で、あかね町商工会のメンバーだ。メンバーの一部は消防団も兼ねており、年齢層の高い中での若手とあって、かなり期待されているらしい。その情報も七尾自身から聞いたものではない。少し前に幸子が教えてくれたのだ。

昔はお互いのホクロの位置まで知っていたくらいなのにな、と思う。

「楽しいからやるんじゃない、こういうのは」

「なにそれかっこつけて、ばっかみたい！」

いきおい叫んだところで、まあまあ、と肩を叩《たた》かれた。

「ユキちゃん久しぶりぃ！　大きく……はなってないねえ、相変わらず。あはは」

振り向くと、七尾の母親、滋子《しげこ》がそこに立っている。「迎えに行けなくてごめんねえ」と彼女は目を細めた。七尾がしらっと口を挟む。

「いいんだよ、そいつが勝手に来たんだから」

「こらタケ。……金髪にしたの！　可愛《かわい》い可愛い、似合ってる。お人形さんみたいだよ」

滋子はユキの頭をヨシヨシと撫《な》でつけた。ユキの身長は滋子の鼻の辺りまでしかない。引っ越してから四年間、五ミリと伸びなかった。あまり大きな声で言いたくないが、百六十センチを切っている。いつかくる成長期を待ち続け、晴れてもうすぐ成人期だ。きっとこの先も、本名の幸男に入った「男」の字に逆《さか》らう人生が続くのだろう。第一「男」の字を付けて名前を呼ばれたことが、生まれてこの方ない。

けれどこうやって可愛がられるのは悪くない。どんな形でも、誰かに優しくされるのは気持ちがいい。

「それに比べてうちのはまあ、まーたでっかくなったでしょ、むさ苦しいったらありゃしないよ」

七尾が振り向いて、むっと口を曲げる。滋子とユキは顔を見合わせて笑った。

「父ちゃんはまだ戻ってこれないんだわ、お茶でも飲んでく？」

「うん！」

二人して七尾酒店の中に入る。七尾とユキの母親同士、滋子と幸子は幼馴染で、両家はお互いの家を行き来する仲だ。

……仲だった、だな。

訂正しながら、ユキは酒屋の内部、七尾家の様子が少しおかしいことに気付いた。記憶とずれているというか、なにか緊迫した空気が漂《ただよ》っている。店内に敷《し》かれたコンクリートは湿《しめ》っていて、所々に水溜まりができていた。昔は商品で溢れていたスチール棚が空っぽだ。その代わり、さっきまで七尾が運んでいたのと同じ、濡《ぬ》れてふやけた段ボールが散らばっている。

「……おばちゃん、店どうしたの」

店の奥、居間に続く板の間に腰掛けて、ユキは滋子を仰《あお》いだ。麦茶とタオルを持ってきた滋子は一瞬首を傾げて、ああ、と頷《うなず》いて口を開く。

「やっぱり幸子から聞いてないか。あの子のことだから、自分だけぴょいっと高飛びしちゃったんだろうと思ったよ」

差し出された麦茶に口を付けながら、ユキは曖昧《あいまい》に頷く。滋子はちゃぶ台の上に置かれた新聞を取り、苦笑してそれを広げた。

《あかね町、半分以上が浸水》

地方紙の片隅《かたすみ》ではあるが、大きなゴシック体の見出しでその記事は始まっていた。

《八月十日深夜未明、県南部に七十五ミリの大雨が降り、××郡あかね町の半分以上の家屋が浸水した。同町は大根川《おおねがわ》の中州に位置するため、水害指定地区である。幸い死傷者は出なかったが、近日中に避難勧告が出るとされている》

「ぶっ！」

ユキは麦茶を吹いていた。げほげほと咳《せ》き込み、あれあれ、と滋子に背中を撫でられる。

「なにこれ嘘《うそ》、マジか！」

「マジもマジだ。やっと気付いたかバカ」

声に振り向くと、まったくひどいやつだな、と続ける七尾がいる。よく見れば彼のタンクトップはずぶ濡れだ。それから酒屋の店内も。

ふいに重たい湿気が肌にまとわりついて、ユキはぶるりと身震いした。夏なのに、酷《ひど》く寒い。

「風邪《かぜ》引くよ、ほら、拭くものないなら、これ使いな」

「あっ、うん、いっぱい持ってるから大丈夫」

滋子にタオルを差し出されて、ようやくユキは自分もずぶ濡れなこと、七尾がタオルのことばかり言っていた理由に気付く。

――ざあっ、と途端、雨音が耳を覆《おお》う。

湿った匂い。冷たい空気。ずっとこの雨の中にいたはずなのに、今の今まで何一つ感じていなかった。七尾と話すことに、精一杯で。

「外に置いとくなよ、ったく」

スーツケースをユキの足元に置き、七尾は一番大きなポケットを開けて、バスタオルをぽんぽん投げてよこす。

「わっわっ」

「早く拭け。バカが風邪引いたら、この雨がもっと大ごとになる」

「おれが風邪引いた時のこと、全部忘れたの？」

「お前よりは覚えてるだろうな」

やれやれ、と七尾は濡れた段ボールの前に腰を下ろす。鍛《きた》え上げられた筋《すじ》の浮く広い背中に、疲労が滲《にじ》んでいる。昨夜に浸水したらしいあかね町。恐らく濡れた店内を片付けるのに、朝から七尾は働き通しなのだろう。やたら商店街に人が多いと思ったが、買い物客ではなく、皆被害にあった住人たちだったのだ。

「……やばいかも、おれ」

タオルをかぶってふと呟《つぶや》いたユキの声に、七尾の低い声が重なる。

「ああ。常々バカだアホだと思ってたが、ここまでいくと本当にひどい」

「……」

黙ったままのユキに、七尾は振り向いた。言いすぎたかな、という顔でユキをちらっと見て、頭を掻いて立ち上がる。

「お前んちは大丈夫だろうけど、本当にやるのか、ストライク」

「ストライキだよ」

「知ってるよ。わざと間違えてんだ、面白いから」

——七尾が笑った。昔みたいに。

説明しなくてもわかる。すぐに子供扱いして。ユキはそう抗議しようとした口をきゅっと結び、締め付けられる胸を庇って、思わずTシャツの襟元を摑む。

所々は変わったが、もさもさの髪で半分隠れていても、笑顔はそのままだ。ユキのことをすぐバカにするのも同じ。もう制服は着ていないし、子供っぽいスポーツ刈りでもない。だけれど変わっているようで、変わっていない。

七尾がユキに言ってくれたように、七尾も変わってない。……二人とも、変わってない。

「どうした黙って。バカバカ言ったから拗《す》ねてるのか」

「ち、ちがう」

思わず口ごもって下を向いた。じんわり頬が熱くなって、七尾の視線から咄嗟《とっさ》に逃げる。自分の視線の先からも。ちょっと気を抜けば、ユキの視線はいつの間にかそこに止まってしまう。そのことに気付いてしまって、……思い出して、胸がざわつき始める。

「おれ、もう行く」

麦茶のコップを置いて、スーツケースを摑《つか》んでユキは立ち上がる。しかし七尾に立ち塞《ふさ》がられて、前に進めない。

「もう終わるからちょっと待ってろ。お前一人じゃ片付けだなんだ、どうせできないだろ」

　そこに座っとけ、と七尾は奥の板の間を指して、口の端《はし》を上げる。落とされる視線は柔《やわ》らかい。同い年なのに、小さい頃から兄弟同然に育てられたのに、いや、だからなのだろう。七尾がユキを見る目には兄のような優しさがある。ユキにはそれがいつも、とても心地よかった。

　――なんだ、全然変わっていない。

　そうだ、いつだって七尾はこうだったじゃないか。

「木村《きむら》さんとこが、まだ全然片付いてなくてな。そこやってからだから一時間くらいか」

　消防団の仕事らしい。濡れた前髪を後ろに撫でつけて、七尾は店の壁時計を見た。

「うん、わかった」

　見上げて素直に頷いたユキに気をよくしたのか、七尾は首を傾げて提案する。

「待てるか？　おれの部屋に漫画ならあるけど……」

「別にそれくらい待てるよ」

「だってお前、漫画も〝字が書いてあるからヤダ〟って」

「いつの話してんだよ！　おれ今十九だよ！」

　笑って突っ込んだユキに、そうだったっけか、と七尾は苦笑した。四年ぶりの再会に戸惑っているのは、彼も同じらしい。過去の……いろんな記憶がごっちゃになって、整理がつかないのだ。

「ええと、そうか……」

一人でぶつぶつ零し、また頭を掻いて七尾はユキに背を向けた。散らばっていた段ボールをまとめてひょいっと持ち上げ、そのまま店の外に向かう。

「……あの子ね」

ぷっと滋子が笑い声を上げて、ユキに耳打ちする。

「昼過ぎに一回、ユキちゃん迎えに駅まで行ったんだよ」

「えっ」

「で、一人で帰ってきてね、ユキちゃんは？　って聞いたら、知らんって急にだんまりさ。久しぶりだから照れてんのかねえ」

おかしそうに肩を震わせる滋子に、ハタとユキは気付いた。慌てて携帯を取りだして、七尾に送ったメールを咄嗟に読み上げる。

「……まじでおこった。家出した。これから、前の家、すむ……」

送ったメールは、そう締めくくられてはいるものの、何時にあかね町に着くとか、そもそも今日着くとか、具体的な時間がなにも書かれていない。むしろこれでは、このメールを送った時点でこっちに着いていて、七尾を待っていたような書き方だ。おまけに「怒った」の字が「起こった」に、「住む」が「済む」に誤変換されていた。

「な、七尾！」

もつれた足で駆け出して、七尾を追いかけた。店の軒下《のきした》まで来ると、どっと強風に煽《あお》られる。雨が顔を叩きつける。

七尾ははす向かいの木村生魚店から、重たそうなショーケースを運び出しているところだった。ユキに気付いて、なんだ、と口を開いたようだが、その声はここまで届かない。

こんな中で七尾はずっと作業をしていたのか。思わずユキは雨の中、七尾に駆け寄る。

そういえば電車は遅延していた。昼の時点ですでに、ここは土砂降りだったに違いない。

「あっ、ありがと！　七尾、ありがとねっ！」

「うわ、なんだよお前来るな。拭いたばっかでまた濡らしてどうすんだ」

ショーケースを担ぎながら、七尾は怪訝《けげん》そうな顔をする。心底ユキはほっとしていた。

待ちぼうけを食らわせられたことに、指摘通り意味不明なメールに七尾は怒っていたのだ。ユキが来たことに怒っていたんじゃない。……なんだ、そうだったのか。

「大人しく待ってろ」

「おれも手伝うよ！」

「母ちゃんのがまだ使える」

「ちょ、それひどい！」

作業をする七尾の後を付いて回っていると、ふいに背後から「おおい」と声が上がった。

二人して振り向くと、二組のビニール傘がこちらに向かってくる。傘を握っているのは、七尾と同じような体格のいい男たちだ。そのうち一人が「大丈夫かあ！」と手を上げた。商店街の住民だろうか。覚えがない。

「だれ？」

首を傾げたユキから、七尾はさりげなく一歩離れた。男たちに手を振りながら、ユキを見ずに、「小島《こじま》と橘《たちばな》。高校同じ。中学んとき、三組にいただろ」と小声で説明した。どちらが小島で橘なのかユキにはわからない。七尾は地元の高校に進学したが、ユキの記憶は引っ越す前の中学で途切れている。そうだったろうか。

「なんとか落ち着いたけど、散々だ」

苦笑した七尾に、彼らは「だろうなあ」と肩を落とす。

「七尾電話出ねえから、溺《おぼ》れてんじゃないかって、こいつが」

「親戚んちが向こうにあんだよ。それ手伝いにさ。やべえなマジ。橋渡って超ビビった」

二人は真顔で頷き合う。中学の学区は広かったので、多分隣町からでも来たのだろう。

「てかさー、橘がさあ……」

「ぶはは、そうそう！」

頭上で内輪話に花を咲かせる三人を見上げながら、ユキはぼんやりした中学時代の記憶を辿《たど》る。

そういえば何度か、サッカー部の部室で話したことがある気がする。当時のユキは年中補欠で、七尾は入部してすぐスタメン、それからエース、最後はキャプテンだった。

……いろいろ記憶が蘇ってきて、ユキは三人から離れた。

七尾が「あ」と小さく声を上げた気がしたが、気付かないふりをして七尾酒店に逃げ込む。背を向けたまま、ぎゅっとTシャツを握る。ぼたぼたと雨水がスニーカーに落ちた。

「……あいつ、日野だよな。金髪になってたら」

「帰ってきたんだよ」

「……へえ」

雨は勢いを緩《ゆる》めて、三人の会話が途切れ途切れに聞こえてくる。居間に上がろうと思ったが、ちゃぶ台に肘《ひじ》をついてテレビを見る滋子に声をかけようと思ったが、入り口から足が動かなかった。

――あいつら、ホモくせえ。

いつかの台詞が、雨音に混じって聞こえた気がした。

ユキはその場に座り込んでいた。気配に気付いた滋子が振り返り、「どうしたの、まんじゅうあるよ」と首を傾げる。答えられない。耳が、意識が雨を通り越して、七尾たちに集中してしまう。

「とりあえず無事でよかったわ。おれら帰るな」

「七尾どうすんの、これから」

「あ。……その、あいつんち片付けに行かなきゃならなくて……」

「ふーん。〝ユキちゃん〟ちの」

雨音に底意地の悪い笑い声が混じる。

「……なんだっけ、昔女子がさあ、なんとか姫とか」

「ヒノユキ姫!」

「だはは! それそれ、ヒノユキ姫ちゃん!」

「あいつなに、昔からおとこおんなだったけど、さらにパワーアップしてね?」

「やめろよ。……聞こえるだろ」

七尾が苦々しい顔をして、小島と橘に気を使っているのが声色でわかった。

ユキは項垂《うなだ》れ、しばらく蹲《うずくま》っていた。何よりも、七尾のそんな態度が悲しかった。


夕暮れ時の商店街は、徐々に昔のような落ち着きを取り戻しつつある。

街灯の影が西日に長く伸び、不揃《ふぞろ》いな影法師《かげぼうし》がそれを追い越してゆく。ユキはずっと、影法師を踏《ふ》むのに集中していた。キャスターが湿ったアスファルトを削《けず》る音。雨は少し前にやんだ。それでもないと困るから、と七尾は滋子の傘を持ち、反対の手でユキのスーツケースを引いてくれている。七尾酒店を出てからずっと無言だった。

「あそこの駄菓子屋、潰れたぞ」

ふいに七尾が口を開いて、ユキは顔を上げた。

ここは昔二人で歩いた通学路だ。商店街を抜けて左に曲がると小学校。右に曲がって坂を登った高台にユキの家と、最近建ったマンションがある。

毎朝寝坊するユキを迎えに、七尾は一度ユキの家まで走り、眠くてぐずるユキの腕を引っ張って登校する。中学校に上がってからは、ユキの自転車も引きながら。七年間続いた二人の通学風景が蘇り、少しだけ頬が緩む。

「ブヒメン食べたかったな」

呟いたユキに、今コンビニで売ってるぞ、と七尾は笑う。小さな長屋を改造したその店先には、いつも木箱いっぱいの駄菓子が並んでいた。幸子はしょっちゅうお小遣いをくれて、滋子はシビアだった。だからユキが買った駄菓子の半分はいつも、七尾の胃袋に収まった。

あっ、タケちゃんそれ半分より多い、ユキのぶんなくなるよぉ。

……そんな昔の自分の声が聞こえてくる。鼻に絆創膏《ばんそうこう》を貼った七尾と、膝と顔に泥をつけたユキ。ランドセルを背負った同じ背丈の二人は小さなヨーグルトを取り合って、甲高い笑い声を上げている。

「おばちゃんがさ、一昨年脳梗塞《のうこうそく》で倒れて」

「えっ、大丈夫だったの」

七尾の声に、ユキは現実に引き戻された。

そこには今にも崩《くず》れそうな長屋だけがあった。木箱の並んでいた店先は、雨でふやけたガムテープと落書きのついた木戸で塞がれている。

「息子さんと一緒に暮らすって、出て行った」

「そうなんだ……」

夕日に照らされた長屋と七尾を見比べて、ユキは寂《さび》しくなった。時間は流れている。長屋の木戸が開くことはもうないだろうし、七尾の逞《たくま》しい腕と広い背中ではランドセルを背負えない。ユキならいけそうだが。

「でも、そこにコンビニあるだろ」

緩く傾斜がつき始めたアスファルトを踏みながら、七尾が目で前方を指した。

「おばちゃん今、あそこに息子夫婦といる」

「うっそマジで！」

「寄ってくか？　ああでも、今の時間はいないな。多分病院行ってる」

「うっわ、超会いたいし！　いつなら会えんの！」

破顔したユキに、七尾は安心したらしく目を細めた。「朝なら。明日行くか」と返されて、大きくユキは頷いた。頷きながら、気を使ってくれているんだな、と気付いていた。

「あと、森《もり》グランド。あそこ今、アパート建ってる」

「マジかあ。変わってんね、いろいろ」

「ゲーセン潰れてカラオケになった。一応朝までやってる。あんまり繁盛《はんじょう》してないけどな……」

ユキを元気づけようと、七尾は懸命《けんめい》に話しかけてくる。無口なほうだから、無理矢理喋るとぎこちない。相槌《あいづち》を打ちながらユキは笑った。強張《こわば》っていた肩がほぐれて、バックパックがどっしり背中にのしかかる。

「う〜、重い。疲れてきたあ！」

「自分ちだろ。それにスーツケースのほうが重い。なに入ってんだこれ」

「久しぶりだからさあ、ここ、こんな急だったっけ」

二人が歩く急斜面の先に、懐かしい生け垣が見えた。その向こうには、年季の入った白壁の蔵が建っている。記憶より少し、薄汚れている。

坂を登りきると、一気に視界が開けた。

薄紫の雲は渦《うず》を巻き、所々まだ赤く透《す》けている。マーブル模様の空の下には、歩いてきた商店街。うっすらと街灯が灯り始めている。その先には懐かしい小学校、そしてバスで渡ってきた赤い橋梁、夕日にきらめく大根川。

「……なつかしい」

四年前まで毎日、当たり前に見ていた景色に向かって、ユキは呟いた。本当に懐かしかった。……涙が出そうなくらいに。隣に立った七尾が小さく笑う。気付かれないように、ユキはそっと瞼《まぶた》を拭《ぬぐ》った。

「まあ、ここまではどうやっても、水は来ないな」

新聞記事の通り、あかね町は水害指定地区だ。橋梁の下で大根川は二股に分かれ、その小さな中州にこの町はある。川に沿った町の外周にはぽつぽつと足場が組まれ、物心ついた時からずっと、堤防《ていぼう》の工事をしている。

「去年も一回、浸水してな。……いつもみたいにあの辺だけで、大したことなかったが」

七尾の焼けた腕が、足場の組まれた先の雑木林の辺りを指す。心なしか声が硬い。

「ああ……あそこ」

ユキも思い出して、曖昧に口の端を上げた。七尾の顔は見なかった。

そこは町内で一番土地が低い沼地と、すぐに増水する小川のせいで、少しの雨でいつも水浸しになってしまう場所だ。工事関係者以外は基本的に立入禁止。ずっと昔からそうなので建物もない。あるのは小さな神社だけだ。

……それでもきっと、片田舎の町のどこにでもあるようなあの雑木林の中の風景を、ユキはこの先も決して忘れられないだろうと思う。

「お前、相変わらず泳げないのか」

ふと、茶化すように七尾が聞く。ユキが頷くと、たはは、と声を上げて破顔した。

「七尾、今どんくらい？」

「クロールで五キロ。この前測った」

「げえ、化け物」

「当たり前だろ、練習してんだ、お前と違って」

言いながら、七尾は誇《ほこ》らしげに自分の腕を叩いた。そこに、まだ小さかった頃の彼の姿が重なる。

――十三年前、七尾とユキはあの雑木林の小川で溺れた。

台風が来ていたその夜、幸子は仕事が長引き帰ってこなかった。ここから銀座は遠い。当時は終電で帰れるようにしていたらしいが、特急に乗っても二時間はかかる距離だ。だからそんな夜はしょっちゅうで、でも六歳のユキには、いつまでも慣れることができなかった。

一人で家を抜け出し、あてもなく夜道を歩いていた。テレビはアニメのほかは、難しくてよくわからない。だから台風が来ているなんて、幼いユキは知らなかった。

「抜けてんだよお前は。今日も気付いてなかったしな」

「うるさいなあ、小さかったんだから仕方ないじゃん。おれが来てから注意報出たの、初めてだったって幸子も言ってたし」

「おれは覚えてる。お前んち電話したら繋がらなくて、母ちゃんに怒鳴られたけど、家飛び出して……」

そこまで言って、七尾は思い出したのか眉を顰《ひそ》めた。

後の顛末は、電車の中でユキが見ていた絵日記の通りである。

ぼんやりしていたユキはあの雑木林に、そして神社の境内に迷い込み、タイミング悪く、注意報のサイレンが大音量で鳴り響いた。初めて聞く、獣の叫び声のような音に、驚き、泣きわめいてパニックになった。

いきおいユキは足を滑《すべ》らせ小川に落ち、捜しにやってきた七尾がそれを見つけ、勇敢《ゆうかん》にも川に飛び込んだわけだが、いかんせん、二人ともカナヅチだった。

そのまま仲良く溺れてしまい、商店街の人々に助けられた。六歳の七尾は父親にものすごい剣幕で怒られ殴られた後、泣きながら、それでも歯を食いしばってユキに宣言した。

おれは絶対、泳げるようになる！

さっきの七尾みたいに、腕を叩いて。

カナヅチ同士だったのに、半年後には七尾はクロールをマスターしていた。暇さえあれば腕立てやら腹筋やら鍛え出し、中学に上がる頃には、ユキより頭一つも大きくなった。

まあユキの身長が、その頃からほとんど伸びなくなっていたのもあるが。

「意思の力はイダイだねえ」

背の高さだけでなく、すっかり逞しい身体に成長した七尾を見上げ、ユキは大きく頷いた。当時二人が大の苦手だった牛乳は、いつの間にか七尾の好物になっている。そういえばさっきも飲んでいた。言うまでもないが、未だにユキは牛乳が飲めない。

「ま、安心しろ。万が一ここまで浸水しても、お前一人くらい担いで泳げる」

「あはは！　なにそれ、ここまで水来たら、日本沈没じゃん！」

笑って返したユキに、七尾はまた、ぽかんと口を開けた。それからなんだかとぼとぼと、スーツケースを引いて歩き出す。

「お前、富士山の標高知ってるか。いやそれ以前に、ここの海抜《かいばつ》」

「カイ……、え？　海と山、どっちの話？」

「もういい」

なにかを諦めたらしい七尾を、小走りで追いかける。身長差のせいで、全然ピッチが違う。さっきまでユキに合わせてくれていたのだと気付いて、頬が緩む。バックパックを揺らしながら、生け垣の裂《さ》け目に飛び込んだ。

「うっわ、〝うち〟だあ！」

はしゃいで声が裏返った。蔵から続く石畳《いしだたみ》の両脇には、今も手入れされている庭木たち。その奥には、築百年の鄙《ひな》びた日本家屋が鎮座《ちんざ》している。

「ぼっちゃま、鍵を」

七尾はふざけて片膝をつき、服従のポーズを取る。ユキは笑って、ポケットから鍵を取りだした。

「うむ、さっさと開けるがよい、使用人」

「お前、調子乗るなよ」

丘の上に聳《そび》え立つ日野御殿。そんなふうに同級生から呼ばれたこの家は、元々は幸子の両親の持ち物だ。日野家は、その昔は庄屋をしていたとかで、いわゆる「名士」の家である。

本家の人々は随分前に橋梁を跨《また》いだ隣町に移り、ここには現在誰も住んでいない。

幸子の両親は幸子が大学に入った頃に他界している。ユキが生まれた頃には本家が完成していたらしく、この広い広い家には、幸子とそれから七尾とユキ、三人だけの思い出が、だけれど溢れそうなほど詰まっている。

「たまに本家の人が来て掃除してるって。だからそんな汚れてないよ」

七尾に言いながら、ユキは本家の親戚連中を思い浮かべた。自分たちのことを「名士」なんて平気で呼ぶ気取ったやつらで、あんまり好きじゃない。

「……そうでもなさそうだぞ」

がらり、と七尾が引き戸を開けた途端、どっと雪崩《なだれ》のように埃《ほこり》が落ちてくる。

「ぶっ！　うわなに、げっほ！　うへえ！」

「幸子さん、相変わらず風当たり強そうだな……」

七尾は唸《うな》り、すすけた三和土《たたき》にスーツケースを置いて、家の中を見回した。持ち手にくくりつけていたコンビニ袋を外し、そこから滋子の用意した雑巾を取りだす。

「ほら、掃除だ、働け働け」

「えええ～っ、おれ疲れて、べっ！」

ばしん、と投げつけられた雑巾が顔面にヒットして、ユキはまた咳き込んだ。喉に入った埃がイガイガする。涙ぐんで瞼を拭うと、すでに指が黒くなっていた。七尾は咄嗟に埃を避けたのか、涼しい顔をしてサンダルを脱ぐ。

「水、水っと。……おい、水道使えるんだろうな」

「電気もガスも水道も電話も使えるよ、幸子が春に来てる！」

さっさと廊下に上がり、台所へ向かう七尾の背にユキは返した。

幸子は高校まで、この家で暮らしていた。けれど事故で両親が亡くなり、ここを出て夜の仕事を始めた。『あいつらに頼るのがヤだったのよ』と、いつだったたか、酒を飲みながら零していた。分家の娘とはいえ「名士」の家にあるまじき、と非難囂々《ごうごう》だったという。

「でも今は、そんなに嫌われてないよ、幸子うまいから、そういうの」

「ばーか、そりゃ表面上の話だろ。お前もそろそろ、大人の世界をわかれよ」

七尾と二人、手始めに雨戸という雨戸、窓という窓を開け放った。埃っぽい空気が、湿った夜風に流されてゆく。外が暗くなり始めていた。どこからか七尾がバケツを持ってきて、二人してそこに雑巾を突っ込んだ。

「……まあ、確かに幸子は大変だったと思うよ、おれもいたし」

夜の蝶になって数年後、四歳のユキの手を引き、幸子は当時の夫とここに戻ってきたのだ。

ユキのこの家での最初の記憶は、七尾と滋子との対面から始まる。

『これが滋子、あたしの親友。それでこっちがタケちゃん、滋子の息子。ユキと同い年なんだよ。仲良くできる？』

母親の香水と、張り替えたばかりの畳の匂い。父親は庭に煙草《たばこ》を吸いに出たきり、なかなか帰ってこなかった。後からわかったことだが、その頃にはもう別れ話が出ていたらしい。

滋子の背中に隠れるようにして、小さい七尾がユキを見ていた。じっと、なにも言わずに。それからしばらくして、おずおずと手を伸ばし、握手を求めてきた。照れたようにはにかみながら。

「――ユキ」

四歳の七尾のか細い声と、今の低い声が重なる。

「……あれ？　あっ、七尾今……っ」

「おい」とか「お前」じゃない。名前で呼ばれた。すごく久しぶりに。

ユキは慌ててバケツから顔を上げた。目が合うと七尾も気付いたのか、ぎょっとしたように仰《の》け反《ぞ》っていた。

「そ……っ、掃除機ないのか、拭いてても埒《らち》あかないっ」

ぱっとユキから目を逸らし、七尾は焦ったように頭を掻く。「台所かトイレかも」とユキが答えるのを待たずに、そそくさと廊下へ行ってしまう。

それを見送りながら、ユキは息を吐いた。雑巾を絞って、四歳の七尾が立っていた辺りの畳を拭く。顔が熱い。

「そこどけ」

声に振り向くと、七尾が掃除機を摑んで立っていた。眉を顰めて、目を合わせようとしない。ユキがおろおろ部屋の隅に移動すると、部屋はけたたましいモーター音に包まれる。

仏頂面《ぶっちょうづら》のまま、七尾は手際よく各部屋をきれいにしていく。

ユキは手持ちぶさたになってしまった。無言でいるのが気まずくて、とりあえず荷物を部屋に運び込み、納屋に生活用品を取りに行くことにする。

まずは布団と座布団。布団は縁側《えんがわ》に干す。机がいるなと気付いて、また納屋に行く。以前、幸子が化粧道具を置いていた文机《ふづくえ》を引っ張り出した。小さい割に結構重い。よろけながら廊下を歩いていると、障子《しょうじ》の間からひょこっと七尾が顔を出す。

「おい、ゴミ袋」

「うわっ、あっ！」

七尾にぶつかりそうになって、慌ててユキは文机を振り上げた。重心がずれ、ぐんと身体が引っ張られる。

「あぶな……っ」

焦った七尾の声と同時に腕が伸ばされ、廊下から数センチのところで文机は止まった。

……が、派手な音を立ててユキはそこに転がっていた。運動神経も反射神経もないのだ。

「いって、膝打ったし～！」

「悪い、大丈夫か。ほら」

七尾は片手で文机を脇に抱え、ユキを覗《のぞ》き込む。膝を擦《さす》りながら、ユキは七尾の手を摑んだ。

「えっ、わあっ！」

……摑んだのに、べしゃん、と再び廊下にダイブする。七尾がはっとしたように目を開き、急に手を離したからだ。痛みに閉じた瞼を開けると、七尾は背を向けて廊下を歩き出している。

「ちょっとなに、今のひっかけ⁉」

「……鈍くさいんだよお前は。……はは」

七尾は笑い声を上げて、部屋の中に文机を運び込む。ちらりと見えた横顔は、少しも笑っていなかった。

適当な場所に文机を置き、窓拭きに取りかかる。そこまでしなくてもいいのにと零すユキをよそに、七尾はてきぱきと作業を進める。昔から几帳面《きちょうめん》なやつなのだ。教室にいた頃は、ユキの机の中まで整理していた。おかげでユキは、未だに掃除や整理整頓が苦手だ。なんて、それは言いわけだが。

「ねえもうよくない？　ちょっと休もーよ」

「今日やらなかったらお前、いつやるんだ。明日明日って言ってるうちに、あっという間にゴミ屋敷だろ。幸子さんそれでいっつも怒ってたもんな」

見抜かれている台詞にうう、とユキは押し黙る。悔しまぎれに、話題を変えた。

「てーか七尾それ、髪さあ、まだ自分で切ってない？」

「ん？　ああ」

「うわあ……やっぱり！　前髪の長さバラバラじゃん！　どうなのそれマジ、かなりやばいって！」

「どうもなにも……、別にいいだろ。面倒なんだよ」

涼しい顔で七尾は窓枠を拭き続ける。蛍光灯に照らされて、暗い窓を背景にすらりと長い手足が動く。広い肩に、鼻筋の通った横顔。

これだけ恵まれた容姿に成長したというのに、髪はぼさぼさ、タンクトップは襟元が伸びきっている。おまけに穿《は》いているデニムは、よく見れば丈が足りていない。そして、どこかで見たことがあるような。嫌な予感がする。

「……それ、中学ん時に穿いてたやつだよね」

「ズボンか？　そうだけど」

「作業用、だよね」

お願いだ、そうだと言ってくれ。

「普段もコレだな」

「あ、……あり得ない……」

畳に膝をつき、がくりとユキは項垂れた。もったいなさすぎる。なにを着たって様になるルックスなのに、よりにもよって、どうやったらそこまで素材をズタズタにするコーディネートができるのか。

「ダサすぎ！　昔から思ってたけど！　七分丈のブーツカットってどういうギャグなの!?　しかもそのタンクトップ、おじちゃんと共用だよね！　少しは気ぃ使おうよ！」

まくし立てたユキに、七尾は振り向いてむっとする。

「お前こそ、そんな男か女かわからんような格好し……」

「これはファッション！　ユニセックスモード！　ピンクは今年の流行色！　言っても七尾は知らないだろうけど！」

「お、男なら、男らしくしたらいいだろうが」

服の話に怯《ひる》み、七尾は目を泳がせた。

「学校のやつら、みんなそんな格好してんのか。コ、コスプレみたいだぞ」

たどたどしい反論にユキは苦笑した。ユキが通っているのは服飾系の専門学校だ。選択はデザイナーコースで、クラスメイトとは四六時中服の話ばかりしている。その中に七尾を入れたら、一言も喋れないだろう。

「みんな自分に合う格好だよ。おれはこういうのが似合うから着てんの。流行取り入れっつ」

七尾は昔から身なりに無頓着《むとんちゃく》だ。床屋に行く金がもったいないと自分で散髪し、下着からなにから滋子が買ってきた物を黙って着ていた。今でも多分、そうなのだろう。

「……おれにはよくわからん世界だな」

頭を掻いて七尾も苦笑した。半分だけきれいになった窓にもたれ、不揃いな前髪を掻き上げる。

その佇《たたず》まいは、ユキがもうずっと形にしたくて追いかけている理想のイメージそのものだ。完成形は見えているのに、どんなに近付いても……届かない。そんなところまで同じだった。

――自分に足りないものを補《おぎな》おうとしているね――。休み前に提出した課題への評価、講師の台詞が蘇る。

「もったいないよマジで。タケちゃんスタイルいいのに」

思わずユキは言って、七尾と目が合った。

「――あ」

気付いた時にはもう遅い。七尾は眉を上げて、ユキを睨《にら》むように見下ろす。

ごめん、と言おうとしたが声にならない。

視線に怯んで、雑巾を持って慌てて窓に駆け寄った。七尾に背を向け埃を拭う。

「……流行流行って言う割に、携帯はボロだよな」

少し間を置いてから、空気を戻そうと七尾は口を開く。

ユキが振り向くと、七尾の視線は文机に移っていた。そこに置かれたユキの携帯は、中学に上がるのと同時に買ってもらってから一度も機種変更していない。塗装はすっかり剝《は》げ、最近は電源ボタンの利きも悪くなってきた。

「それは……、い、いいんだもんっ！」

顔が熱くなってきて、変に声が上擦《うわず》った。七尾がぷっと吹き出す。そんな反応にますます恥ずかしくなって、ユキはたまらず文机から携帯をもぎ取った。じゃらじゃらと派手なストラップたちが揺れる。七尾の視線から隠すように、ポケットに押し込む。

「〝もん〟ってお前なあ。〝もん〟とか言うなよ、ナヨナヨだなあ、相変わらず！」

破顔して、七尾は肩を震わせる。

「……どうせ、おれは〝おとこおんな〟だよ」

言って、ユキは唇を噛《か》んだ。ちゃんと男らしくなろうと、意識してがさつに喋ろうとは努力している。努力してきた。けれどそういう習性なのか、いつもすぐにボロが出る。

「……あいつらならもう来ないから。……気にするな」

俯くユキに、七尾は気を使って言う。ユキは無言で首を振った。商店街で再会したサッカー部員たちの台詞。――嫌な思い出。

そんなの無理だった。どうしたって気にする。それに七尾だって今も気を使っているじゃないか。大体気にしているからこそ、彼らにあんな態度を取った。

「窓拭き、さっさと終わらせるぞ」

黒い気持ちが沸《わ》き上がってくる。それをユキは抑えきれなかった。七尾は何事もなかったように装《よそお》って、雑巾を動かし始める。そうしながら、意識はユキのほうに集中させている。ユキは苛立つのを止められなかった。こっちはますます、惨めになるのに。

「もういいよ、帰ってよ」

台詞と同時に、雷鳴が響き渡った。黒い夜空に鋭《するど》い稲妻が走り、七尾とユキの顔を照らす。微《かす》かに雨の音がして、空気が重くなる。七尾は振り向いて、宥《なだ》めるようにユキを見下ろした。

「掃除途中だろ」

「いい、もう」

「だけど」

「いいから帰れよ！　忙しいんだろ！」

耐えきれなくなって、ユキは七尾に背を向けた。座布団を摑んで襖《ふすま》を開け、奥の部屋に逃げ込む。

「……ここだけはやってく。途中だから」

勝手にしろ、とばかりに襖を叩き閉めた。

七尾がいるのより少し狭いこの部屋は、以前寝室として使っていた場所だ。幸子と布団を並べて敷いていた辺りに、ぼすっと寝転がる。顔を押しつけた座布団から、埃っぽい匂いがした。鼻の奥が熱くなる。

七尾が悪いんじゃない。それはわかっている。それは確かなのだ。——あえて言うなら多分、……いや恐らくは、全面的にユキが悪い。

涙ぐんだところで、懐かしい黒電話のベルが鳴り響いた。

おい、と襖の向こうからくぐもった七尾の声が聞こえる。鼻を啜《すす》ってユキは立ち上がり、台所に繋がる障子を開けた。とぼとぼと中廊下を歩き、受話器を取る。

「もしも……」

『ユキ！　よかったあ、やっぱりここだった！　あたしあたし！』

はしゃいだ甲高い声に涙が引っ込んだ。

「あなたなんか知りませんっ！」

『あ、待って切らないで。ねえ、今ホテル着いたとこ！　海がすっごいの！　超きれい！』

幸子は人の気も知らないで、呑気《のんき》にバリ島生中継を始める。エステのフルコースを予約しただとか、さっき食べたタロイモが美味しかっただとか。日本の片田舎にいるユキにとっては、どれもまったく不要な情報である。

「……勝手に楽しんでください」

『だってユキ、課題で忙しいって、最近全然構ってくれなかったじゃない』

「だからっていきなり再婚して置いてく!?　書き置き一つで！」

『あ、それでね、倉持くんがユキと話したいって』

「人の話聞いてよ。おれ怒ってるんだけど！」

叫んだユキに、受話器越しの幸子は一瞬押し黙る。なにかぼそぼそと話し声が漏れてきた。恐らく「倉持くん」の声だろう。その名前だって書き置きで見ただけで、携帯で写真を見せられただけで、会ったことも話したこともない。

「そいつと話すことなんかないし！」

言いきってやると、しゅん、と子犬のような顔をした母親の顔が浮かんだ。今年四十五になるというのに、幸子は驚くほど若く見える。よく姉弟に間違えられるくらいだ。だから って、二十五歳の男と再婚はやりすぎだろう。どんな顔をして話せばいいのか。顔は見えないけれど。

『……一応、本家の叔母さんたちにも連絡してあるから。なにか困ったことがあったら滋子にでも、叔母さんたちにでも言ってね。ユキがいたいだけいていいから。でも帰ってきたら、ちゃんと話そうね？』

「話さないでいきなり置いてったのは幸子のほうじゃんか！」

『そ、それはそうだけどぉ。だって、なんかノリでねっ、飛行機乗りたい気分になっちゃったの、えへっ』

「えへっ、て……」

ユキは頭を抱えて項垂れた。天然ボケだのバカだのKYだのと言われる自分の性格は、間違いなくこの母親からの遺伝だ。しかも幸子のほうが数倍上手で敵《かな》わない。悪気はまったくないから、怒るに怒れなくなってしまう。

『それはそうと、タケちゃんに迷惑かけてない？　昔からユキ、タケちゃんに甘えっぱなしなんだから』

「幸子にそんなこと言われたくないし！」

がちゃん、と電話を叩き切って、鼻息荒く廊下を抜けた。なんなんだまったく。幸子も、……七尾も。

ふいに風が強くなってきて、がたがたと雨戸が揺れる音がする。

気付いて寝室に戻ると、いつの間にか布団が敷かれ、窓と雨戸が閉められていた。七尾がやってくれたようだ。

小さい頃はよくお互いの家に泊まりっこをした。いつも七尾がこうやって、布団を敷いてくれた。幸子が帰らず寂しがるユキが寝付くまで、ずっと隣で見守ってくれた。

そっと襖を開けると、七尾は黙々と雑巾をすすいでいた。こんなにダサいファッションのくせに、どうしても視線が吸い寄せられてしまう。細い風の音に、同級生たちの粘着質な笑い声が混じる。

——こっち来んなよ、ホモ。

ユキは強く瞼を擦《こす》った。帰ってきたのは、間違いだったのかもしれない。でもどうしても、もう一度七尾に会いたかったのだ。一緒の布団で眠っていたあの頃に、今さら戻れるとは思っていない。そこまでじゃなくてもいい。……ただ——。

「怒ってごめん、手伝う」

おずおずと声をかける。七尾はほっとしたように目を細めて、「もう終わっちまった、バカ」とぶっきらぼうに返した。台詞と態度がちぐはぐだ。冷たい態度を装って、いつだって本当は、とても優しいくせに。

「じっ、じゃあそうだっ、お土産あったんだ！」

苦しくなってくる胸を擦りながら、ユキはスーツケースに駆け寄った。留《と》め金を外すと、詰め込んだ服や生地がどっと溢れ出す。

「お前それ、なに入ってんだそんな……げっ！」

服をよけてミシンを取りだしたユキに、「どうりで重いはずだ……」と七尾は呆れ返った。

「これでも一番小さいのだもん。はい」

ミシンを畳に置き、ユキは菓子折を七尾に差し出す。派手な蛍光色の包み紙には「東京銘菓・ビヨコ」とふざけた文字が躍《おど》っている。例の銘菓のパロディ商品だ。東京には名物があるようでないから、おふざけのチョイス。七尾はそれを受け取る。何気ない仕草だった。

けれどふいに、お互いの指が重なる。

視線がぶつかる。少しかさついた七尾の指は、酷く冷たい。

あ、とどちらからともなく声が上がって、七尾は目を見開いて、ユキも見開いて、蛍光色の包み紙が、ゆっくりと畳に吸い込まれてゆく。……雨の音に、呑《の》み込まれてゆく。
＊　＊　＊

「お前らってなんなの、気持ち悪いんだけど」

いきなりそう言われて、中学一年生のユキと七尾は振り向いた。

外からは雨の音がした。まだ小雨のようだが、天気予報では雪になると言っていた。三月に入ったのに酷く寒い日だった。

サッカー部の部室で、いつものように二人はじゃれ合っていた。七尾がふざけてユキのユニフォームを引っ張り、よろけたユキが七尾にもたれかかって、「タケちゃん痛ぁい」と声を上げる。二人にとってはなんでもない、当たり前のやり取りなのに、他の部員たちは顔を歪《ゆが》め、二人を遠巻きに睨み付けていた。

「なんなのって、なにがですか」

七尾は首を傾げて、先輩部員を見る。ユキも七尾の腕を摑んだまま、きょとんと部員たちを見上げた。彼らはなにも答えず、黙々と各自着替えて帰宅していった。

「タケちゃん、なんだろあれ」

「……なんだろうな」

ユキにはさっぱり理解できないやり取りだったが、七尾はなにか勘づいたらしかった。すっとその顔から表情が抜け、さっさと着替えてスポーツバッグを肩にかけ、無言で部室のドアを開ける。

「えっ、ちょっと、待ってよぉ！」

脱ぎかけのユニフォームを首にかけたまま、ユキは学ランを羽織《はお》り慌てて七尾を追った。七尾は振り向かない。外の風はとても冷たい。おまけに小雨が降っているのに、七尾は傘も差さずにすたすた歩いていってしまう。なんだか変な感じがした。

「タケちゃん、……どうしたの？」

最近急に大きくなり始めた背中を見て、ユキはふと気付いた。抱きかかえるようにして持っているスポーツバッグが酷く重い。いつもは七尾が持ってくれるから、まともに自分で運んだことがなかったのだ。雨が降れば傘を差してくれるし、寒ければ上着をくれる。でも、今日の七尾はそのいずれもしてくれない。

「ねえってば！」

声を張り上げてみたが、七尾は相変わらず振り向かなかった。いつもだったら、隣を歩いてくれるのに。もたもたするユキに、歩調を合わせてくれるのに。ユキがなにかしただろうか。考えてみても、よくわからない。ただ小さな不安だけが、足元から這《は》い上がってくる。——なんだろう。……怒ってる？　……嫌われた？

慌ててユキは顔を上げた。下校時間を過ぎた校舎に、暗い影が落ち始めていた。

この中学校は、あかね町から自転車で橋梁を渡った隣町にある。あかね町にも昔は中学があったが、子供が減り随分前になくなってしまったらしい。小学校は六年間、ずっと一クラスしかなかった。それが一気に六クラスになって、自分の教室をよく見失っては七尾に怒られた。

七尾とはクラスが離れてしまったが、同じサッカー部なので放課後は毎日会える。勿論登下校は小学校からずっと一緒で、未だに泊まりっこもしている。七尾だけ背が伸びてきたが、同じ布団に寝ているのも変わらないし、風呂にも一緒に入っていた。

——お前ら兄弟だもんな、あれ、兄妹？

そんなふうに小学校時代はからかわれてきたが、別に自然なことだと思っていた。七尾とユキが仲良しなのは昔からで、気にするやつなんていなかった。

だけれど中学の同級生やサッカー部員が自分たちを見る目は、これまでとはなにか違っていた。それはぼんやりとだが、ユキにもわかっていた。

薄暗い駐輪場に出て、ようやく七尾の足は止まった。前を向いたまま、ふいに呟く。

「……このままじゃ、だめだと思う」

七尾の背中は少し強張っている。ユキは首を傾げた。七尾が振り向く。眉を顰めて、硬い声が上がる。

「ユキお前、いろいろちゃんとしろ」

急に言われて、ユキは「え？」と聞き返した。七尾の台詞の意味がわからなかったのだ。

「……だから、おれが迎えに行かないと学校行けないのとか、教科書忘れてしょっちゅうおれに借りに来るのとか、幸子さんいないと寝れないからっておれ呼ぶのとか、そういうのだよ」

変声期に差し掛かった声は、たまにかすれたり急に低くなったりして、変な感じだ。そこにいるのはいつもの七尾のはずなのに、時々、知らない大人の誰かになってしまったように感じる。

ぼんやりそんなことを考えていると、「聞いてんのか」と掴まれた肩が鈍《にぶ》く痛んだ。身体が大きくなった七尾の力の強さに驚かされる。なんだか怖い。

「ユキはいいのかよ、今のままで。お前一人でちゃんとできることある？　おれがいなきゃ全然だめだろ」

「……な、なんで急に、そんなことゆうの……」

まるで七尾が、いなくなってしまうみたいじゃないか。

七尾を見上げて、ユキは首に下げたままのユニフォームを掴んだ。胸がざわざわして落ち着かない。伸ばした手で、七尾の学ランを掴んでいた。

「だって、……だっておれたち、親友でしょ」

——兄妹じゃねえよ、親友なの！

からかった同級生に対して、いつだったか七尾はそう宣言してくれた。『な？』とユキに目配せしながら。

だから今までいつだって、そしてこれからだって、二人はずっと一緒だ。そう思ってきた。ユキ「一人」でなんて、そんなの考えたことがない。だって考えられない。考えたくない。

「お、おれなんかした？　したなら謝るから、ごめんタケちゃん、だから……っ」

どさり、とスポーツバッグが地面に落ちた。そんな不安になるようなことを言わないで欲しかった。

なにが悪かったのか、そもそも好かれていなかったのか、なにもわからないまま、言いたいことも言えないまま、置いていかれるのは一度きりでいい。……急に出て行った父親の時だけでいい。

「……そういうこと、言ってんじゃない」

学ランをたぐり寄せて、抱きつくような体勢になったユキを見下ろし、七尾は顔を歪めた。その向こうに、薄紫の夜空が広がっている。グラウンドにはもう誰もいなかった。野球部もテニス部も活動を終えて、皆家に帰っていった。今晩も幸子は仕事だ。ユキが中学に上がってから、どんどん出勤日が増えている。家に帰れば、ユキはいつも一人だ。……七尾がいなければ、ずっと一人だ。

「……もういい、バカ」

七尾が小さく息を吐く。温かい手が頬に触れ、涙をそっと拭われる。ユキは自分が泣いていたことに気付いた。頬に触れていた手が移動して、髪を梳《す》かれる。もう乾いているのに、優しく何度も瞼に触れられて、くすぐったくて少し笑ってしまった。一瞬離れた指はまた頬に触れ、ユキを温めるように擦り、顎《あご》のラインをなぞった。

いつものように、頭を撫でてくれるのかと思った。

だけれど視線がぶつかった。七尾の顔がすごく近くにあって、ちょっと驚いた。

「……タケちゃん？」

「――ッ！」

七尾は、はっとしたように手を止めた。それからなぜか酷く苦しそうに顔を歪め、抱きついていたユキの肩を摑む。

「……もう、そうやってベタベタするな……っ」

「え？　……わっ！」

ぐっ、といきなり引きはがされて、ユキはよろけて地面に手をつく。七尾はヘルメットを被り、駐輪場から自転車を引き出した。そのままユキを見もしないで、とぼとぼと歩き出す。

「あっ、待って……！」

スポーツバッグを自分の自転車の籠《かご》に押し込み、慌ててユキは七尾を追った。

——それが、七尾と一緒に下校した最後の日になった。

翌日一緒に登校して教室に入ると、友達の様子がいつもと違っていた。昼休みには、クラス全体の様子がいつもと違っていた。

その頃になって、いくら鈍感なユキも、さすがに異常に気付いた。

昨日一緒にねり消しを作って遊んでいた友達は、教室の隅に隠れるようにして座って、決して目を合わせようとしない。クラスメイトたちはちらちらユキを見て、声を潜《ひそ》めて笑っている。

「え、それってマジで」

「なに知らないの、超有名だよ！」

「ばっか、聞こえるって」

「ああでも日野って……」

「し——っ！」

七尾を探しに行こうと思った。五時間目に使う社会の資料集がなかったのだ。このままでは先生に怒られてしまう。

だけれどユキはなぜか、自分の席から立ち上がることができない。教室の入り口に野次《やじ》馬《うま》が集まっている。他のクラスどころか、上の学年の生徒まで来ていた。

「でもさあ、アレならあり得るって」

「まんまだもんな」

「そもそもあいつ、ほんとにチンコついてんのかよ」

「ぶは！」

篭《こ》もった嘲笑《ちょうしょう》と噂話は、昼休みの間ずっと続いた。

学校は閉じられた世界だ。小さな教室に無理矢理「生徒」と「先生」を押し込めて、決められた校則を守り決められた教科書を使って、決められた授業をこなす。

全部に「こうするのがよし」というルールがあって、生徒の間にも同じ暗黙のルールがあって、気付かないうちにそこから一歩でもはみ出したら、あっという間に疎外《そがい》され、淘《とう》汰《た》されてしまう。

その頃のユキに、そんなことが理解できるはずもなかった。

とにかくなんだかおかしくて、怖いことしかわからなかった。

予鈴が鳴り響き、一瞬嘲笑と噂話が途切れる。

その隙《すき》をついて、ユキは教室から逃げ出した。廊下を行き交う生徒が皆、自分を見ている。笑っている。なんだろうこれは。どうしてしまったんだろう。

「タ、タケちゃん……っ！」

集まる視線を振りきって、七尾の教室にユキは飛び込んだ。焦って見回すが、席にも、よくいるベランダにも、七尾の姿はない。いつもだったらユキのクラスの時間割をチェックして、必要な物を用意して待っていてくれるのに。

「日野ってあいつだろ」

「うっわ、やっべ確かに」

「な、言っただろ」

「……へえ。まあ、七尾の気持ちもわかるっていうか」

「ぎゃははは！」

「お前マジかよ！」

「ばっか、ないって、ないない、超キモイ！」

「つうか七尾もさあ、あいつも元々付き合い悪いじゃん？　ネクラ？」

「お前、声でかいって」

また襲ってくる視線と笑い声に、ユキはさらに混乱した。七尾の教室を飛び出して、廊下を闇雲に走る。

――助けて、タケちゃん。

……と、目を瞑《つむ》ったところで、ぐんっと身体の重心がぶれた。声を上げる間もなく、ユキは摑まれた腕に引かれて、もつれた足のまま、傍《かたわ》らのトイレになだれ込む。

トイレのドアが小さく音を立てて閉まったのと同時に、かちゃりと個室の鍵がかかる音。

押しつけられたジャージからよく知った匂いがして、慌てて顔を上げる。

「タケちゃ、……わっ！」

七尾の顔は見えなかった。ぎゅっと抱き締められて、一瞬息が詰まる。社会の資料集を押しつけられたと思ったら、今度は肩を摑まれ、入ったばかりの個室から押し出された。

よろけた勢いで、ユキはトイレのドアを体当たりするように開け、廊下に倒れ込む。

本鈴が鳴って、校舎は一気に静まり返った。

ばたばたと、七尾が廊下を走ってゆく。授業が始まったというのに、彼は教室の前を通り過ぎ、そのまま昇降口へ続く角を曲がって消えた。がたがたロッカーを開ける音がする。早退するのだろうか。鞄《かばん》も持っていないし、制服も着ていないのに。

「タケちゃん……？」

首を傾げたところで、おい！　と廊下に鋭い声が上がる。

「日野！　さっさと教室に入れ！」

教室から顔を出した社会科教師の剣幕に、ユキは慌てて立ち上がった。

七尾のことが気になって仕方なかったが、なんとか六時間目まで授業を受けた。相変わらず嘲笑と噂話はやまない。

ホームルームが終わったと同時に学校を飛び出して、七尾酒店に自転車を走らせたが、七尾はいなかった。「まだ部活じゃないの？」と滋子は不思議そうな顔をした。いきつけの駄菓子屋にもいない。よく走り込みをしている森グラウンドにも、たまに行くゲームセンターにも、どこにも。

仕方なくユキは家に帰った。今日のことを幸子に相談しようと思ったが、〈接待ゴルフに行ってきます！　明後日帰るよ〜〉という、呑気な書き置きがあるだけだった。

——まあいいか、と思った。

明日になれば、七尾はいつものようにユキを迎えにやって来る。

寒くてヤダ、と駄々をこねるユキを布団から引き摺り出し、学校指定のリュックを背負わせ、むりくり乗せた自転車を後ろから思いっきり押す。「うわあああ」と叫ぶユキと自転車は、坂道を弾むように滑り落ちていき、「なんで一人で起きれないんだ！」と怒鳴る七尾の声。「体操着持っただろうな！」といつもの確認が始まる。

その時にでも、学校の様子がおかしかった理由を説明してもらえばいい。七尾ならちゃんと、ユキがわかるまでじっくり、ゆっくり説明してくれる。一人で考えるのは苦手だ。

「タケちゃん、お腹でも壊したのかな」

呑気に呟きながら一人で夕飯を終えて、テレビを見ながら眠りについた。

——翌朝以降、七尾がユキを迎えに来ることはなかった。

休み時間の度に教室を訪ねたが、いつ行っても七尾はいなかった。それでも廊下に置かれたロッカーには、ユキのクラスで使う七尾の教科書が入っていた。体操着や絵の具セットが入っていることもあって、学校に来ているらしいことはわかった。

けれど教室移動の廊下ですれ違っても、目も合わせてくれない。携帯は繋がらない。メールは元々、滅多《めった》に返してくれない。

家には遅くまで帰っていないようだし、部活でならと部室に行っても、中に部員がいるはずなのにいつもドアが閉まっていた。

クラスメイトは誰も口をきいてくれなくなった。ユキが話しかけると、わっと一斉に逃げてゆくのだ。くすくす笑いながら。

嘲笑と噂話は、日を追うごとに大きくなる。

ユキはどんどん、学校で孤立するようになっていった。

＊　＊　＊

「おい、大丈夫か」

七尾の低い声で、我に返った。

――ざあっ、と相変わらずやまない雨の音が、辺りに響き渡っている。七尾は畳に膝をつき、心配そうにユキの顔を覗き込んでいた。

「あ……、うん……」

「顔真っ青だぞ」

「い、いろいろ、思い出して……」

この家には、この町には、思い出が多すぎる。楽しいのも嬉しいのも、……苦しいのも。

ユキは気を取り直し、畳に落ちたビヨコを拾い上げたが、大きな手が視界を塞ぎ、目を見開く。

「しっかりしろ、……大丈夫だから」

「な……――」

うまく声が出ない。体温が感じられそうなほど近付いた七尾の手が、わずかに額《ひたい》に触れ、そしてユキの髪を梳いていた。

あの日、最後にそうしてくれた時のように。それまでずっと、いつもユキが泣いた時、してくれていたのと同じように。

頬がかっとなり、じわじわと全身に熱が回る。……そして髪と同じくらい、触れられ続けているその部分が、――熱かった。

「……ッ！」

堪《こら》えきれなくなり、わずかに身をよじったユキに、七尾も我に返ったようだった。

「あ」

かすれた低い声が上がる。なにか、悪いことでもしてしまったかのような顔だった。

ばっと手を引っ込め、後ずさるように立ち上がる。七尾も言葉が出てこないのか、何度か口が閉じたり開いたりする。

ユキの髪と肩に触れたその手も、所在なさげに開いたり閉じたりしていた。

「あ……っ、な、七尾っ！」

思わず上げたユキの声と同時に、七尾は背を向けて部屋を飛び出してゆく。

「帰る！」

叫んだ七尾の手は、さっきまでずっとユキの肩に乗っていた。空いた手がユキの髪を撫でる、きっとずっと前から。二人ともまったく無意識だったのだ。

慌ててユキは七尾を追いかけた。畳を蹴《け》ると、もつれた足がバケツをすくい上げ、派手な音を立てて黒い水をまき散らす。買ったばかりのハーフパンツに染みがついたが、気にしている場合じゃなかった。今期の新作で、ずっと目をつけていて、欲しくて欲しくて、でも課題に使う生地を買ったせいでお小遣いが足りなくて、仕方なく毎日ショップに行って眺めていた。それが先週サマーセールに出て、やっと手に入ったのだ。とっておきの時に着ようと決めて、部屋に飾っていた。

　だけど気にしている場合じゃなかった。

　廊下を抜けて玄関に下りる。引き戸は開け放たれ、雨の轟音《ごうおん》に七尾の足音は呑み込まれ、あっという間に小さくなってゆく。

「タケちゃん……っ！」

　返事はなかった。足音はもう聞こえない。暗闇に向かって伸ばした手が、決して届かないことは、もう知っていた。

　腕を下ろしてユキは項垂れた。

「タケちゃん」、「ユキ」、屈託《くったく》なくそう呼び合っていたあの頃に戻れなくてもいい。現に七尾はさっき、うっかり「ユキ」と呼んでしまったことに酷く動揺していた。「タケちゃん」と呼んだユキに怒っていた。だから、わかっている。

　――ただもう一度だけ、七尾と手を繋ぎたかった。

＊　＊　＊

　あかね町に戻ってきて、一週間が経った。

　タオルケットから半分顔を出してユキは唸った。鋭い夏の日差しが、雨戸の隙間から、薄暗い和室の黄ばんだ畳を切り取っている。雨戸は三日前から閉めっぱなしだ。開けると閉めるのが面倒だから、そのままになった。……どうせこの家には、誰も来ない。

今日は晴れてるんだなあ、とぼんやり思って目を閉じる。雀《すずめ》と犬の鳴き声から、多分七時くらいだろう。布団に入ったのが明け方だから、まだまだ寝足りなかった。

タオルケットに顔を埋《うず》めていると、ふいに覚えのある感じがした。

つま先がむずむずしてきて、それが足首から腿に伝わり、身体が火照ってくる。まただ、と唸った。

どうにかしないと。待っているだけでは、この熱は治まらない。

投げ出していた手をパジャマにかける。脇腹に触れると、ぴくりと身体が反応する。閉じた瞼の向こうに、いつかの唇を思い浮かべた。何度も思い出して使っているうちに、すっかり現実とは違うものになっていそうだ。

ズボンを下ろして下着に手を突っ込むと、ちらりと罪悪感が胸をかすめる。それを振り払う。本人には迷惑かけてないし。悪いことをしているわけじゃないし。……いや、そんなの嘘だ。……こんなのは間違っている。

「ふ……、う……っ」

そんな罪悪感にますます身体は反応するから困る。家にはユキしかいないのに、自然と声を押し殺してしまう。こんな所でするからだ。だけれど、「ここ」だからこそしてしまうのかもしれない。

閉じた瞼の向こうに、あの時近付いてきた唇が、頬に触れた吐息が、何度も再生したせいで擦り切れそうなあの瞬間の画《え》が浮かび上がる。お願いだ、もっと、と願う。

その唇がユキの名前を呼び、ユキの唇をついばむのを夢想する。ゾクリと身体が震えた。もっと近付いて。それから抱き締めて、できれば他のことも。唇だけじゃない。……触って欲しい。触りたい。

「あ……っ、——……っ」

稚拙《ちせつ》なやり方でも、自分の身体は自分が一番知っている。一番気持ちのいいところを強く擦り上げて、一気に張りつめる。その頃にはもう、ユキの中には罪悪感も羞恥心も残っていない。あるのは快感と、本能からくる抗いようのない欲求だけだ。

「あっ、あっ、あっ、あっ！」

勢いづいて、思ったより強くしてしまった。ぴん、とつま先が張り詰める。あ、やばい。

「う、わ、あっ！」

慌てて下着を下ろしてタオルケットを捲《まく》り、枕元のティッシュ箱を摑んだが、間に合わなかった。

「げえ……、サイアク」

それが飛び散ったタオルケットを見つめて、途方に暮れる。一体これで何度目だ。気付

く と間に合わないのだ。

肩を落としつつ、そうしていても仕方ないので、ティッシュで後始末をする。タオルケットを丸めて下着とズボンを穿き、風呂場に向かった。洗濯機に汚物を突っ込み、洗剤を振りかける。

なにが悲しいって、この事後処理である。お人形だのなんだの言われても、ユキも成人男子なのだ。正確には来年の三月で二十歳だが、つまりは要するに、溜まるものは溜まるわけで、しかも溜まりやすい年頃なわけで、出さないとやってられないわけで。

「……だからって、なにも……」

呟いて、気持ちが沈んできた。それもいつものことだ。落ち込むなら最初から、こんなことをしなければいいのに。

一度振りかけた洗剤が足りない気がして、二杯目を入れた。溜息《ためいき》が零れ、三杯目を振りかける。目頭が熱くなった。苛立《いらだ》って、箱ごと洗剤をぶち込んだ。

スタートボタンを押して部屋に逃げ帰る。風呂場からおかしな音が漏れてきたが、聞こえないふりをして布団を捲った。

文机の上のそれが視界に入り、涙が溢れる。

ぼくは、わるかったとおもいました。たけちゃんごめんなさい。

「……ごめ……っ」

滲む視界の中に、まだなにも知らなかった子供の描いた絵日記が置かれている。ユキを責めるように、クレヨンで描かれた無垢《むく》な二人が溺れている。――深い澪《おり》の底、もうどこにも、行き場がないみたいに。

ユキは頭から布団を被って、嗚咽《おえつ》に身体を震わせた。

着信音に再び目を覚ますと、時刻は十二時を回っていた。

部屋は薄暗いままだ。がたがたと雨戸が揺れて、雨の音がする。朝は晴れていたのに、どうやらまた降り出したらしい。なんだか、家自体も揺れている感じがする。古い家だからだろう。

携帯を開いて、着信履歴に「わっ！」と声を上げた。相手は七尾だ。あかね町に戻ってきてから、初めての電話だった。

一度会いに商店街に下りたが、消防団の仕事で忙しそうで、相手をしてくれず諦めた。せっかくの夏休みなのに雨ばかりで、どこへも出かけていない。ひたすら一週間、家で課題をやるか、テレビを見て過ごしていた。……また同窓生に遭遇したらと思うと怖かった。

「やった！　……へへっ！」

だからとても嬉しかったのだ。ユキははにかみながら携帯を操作する。コール音が鳴る。その向こうに、雨の音。

七尾はなかなか、電話に出てくれない。まだ忙しいのだろうか。

単調な電子音を聞いていると、だんだんまた気分が沈んでくる。寝返りを打った。携帯を耳に押しつけて、早く、とユキは呟く。ぎゅっと目を閉じた。

もう一人には慣れたはずなのに、……ここに来て以来、いろんなことを思い出してしまう。


父親が家を出て行って、幸子はユキが生まれて以来辞めていた夜の仕事に戻り、誰もいない家にユキは取り残された。もしかしたら幸子も父親と同じで、いつかユキを置いて、どこかに行ってしまう気がして、こうやって布団の中で毎晩泣いていた。

七尾家が泊めてくれても、一緒に夕飯を食べたり風呂に入ったりしてくれても、そこは七尾の家でユキの家じゃない。ユキの家族じゃない。ユキの家はいつもほとんど、ユキしかいない。幸子は昼間、寝てばかりいる。いるのかいないのかわからない。……一人は、嫌だ。

『おう、起きたか』

七尾の低い声で、現実に引き戻された。

「あっ！　おはよ！　おはよ七尾！　どうしたの！」

　思わずまくし立てるユキに、電話口の七尾は一瞬押し黙る。

『……ニュース見たか』

「えっ？」

『見てないな。食うものあるか』

　いきなり聞かれて、ユキは首を傾げた。来てから二日目に、隣町のスーパーに買い出しに行っている。先日の浸水のせいか、残りわずかだったカップ麺を確保し、スナック菓子とジュースを段ボールいっぱいに入れ、途中で疲れてタクシーで帰ってきた。商店街はまだ、浸水の後始末でほとんどの店が閉まっていた。

「そろそろなくなるから、今日あたりそっちに下りようかなって……」

『バカ、テレビつけろ！』

　七尾は少し怒っているらしい。理由がわからないまま、ユキは布団から起き上がり居間に出た。リモコンを取り、テレビにかざす。ついでに部屋が暗いので、電気も点けた。

「見てるよ」

『四チャン』

　チャンネルを合わせると、どこかで見たような景色が映し出される。

「……ん？」

アナウンサーが『次のニュースをお知らせします』と硬い声で言うのと同時に、画面の隅に表示されていた中継映像が大きくなった。コンクリートの堤防を背後に、雨合羽を着たアナウンサーが裏返った傘にしがみついている。

『関東に上陸中の台風が、各地に深刻な被害を与えています。こちら、○県×郡のあかね町の映像です』

「うえええええええ！」

ユキはようやく状況を理解した。テレビ局が来ている。マンションのある都内ならいざ知らず、こんな田舎町にだ。すごい。

『全国ニュースに浮かれるな』

「わ、よくわかったね」

お前のバカはお見通しだ、と返される。テレビは年々酷くなる異常気象と、今回の台風との関連性を説明していた。ユキにはよくわからない。要するに雨がやまなくて川の水が溢れたりして、近くの住人が大変だ！　ということらしい。

「あっ！　もしかして大根川もやばいの？」

七尾に聞いてからふと、ニュースの見出しテロップに気付いた。《限界水位突破！　避難相次ぐあかね町》、などと書かれている。……限界水位、突破？

『やばいもなにも、最悪だ』

七尾の声が硬くなる。ふいに電波が乱れたのか、語尾がかすれて聞こえた。

相変わらず古い家はがたがたと揺れている。——そう、起き抜けは気のせいだと思ったが、やっぱり揺れていた。

台風が来ているのだ。しかも異常気象とかで、どうやらものすごくでかいのが、この町に。

「な、七尾、どう……」

言いかけたところで、ぶつん、とテレビの映像が途絶えた。ふっと部屋が暗くなる。

「七尾、七尾七尾なにこれやばくない！」

『停電したな』

七尾は冷静だった。窓と雨戸閉めろ、庭に出しっぱなしの物はしまえ、と淡々《たんたん》と指示を出すが、ユキは慌てふためいてそれどころではない。

「どうしたらいい！　ねえこれどうしよう！」

『わかった。お前はどうもしないでいい。漫画でも読んでじっとしてろ』

「七……っ」

ぷつん、と電話は切れ、ユキは一人取り残された。雨風に家が軋《きし》む音が、どんどん大きくなっている気がする。

「ど、どうなってんだよ！」

不安を振り払うように廊下を抜けた。スニーカーをつっかけ、がたがた揺れる玄関の引き戸を開けようとした。やたら重くて、全然開かない。渾身《こんしん》の力を込めて引いた途端、暴風に身体ごとすくわれた。

声を上げる間もなく、コンクリートに叩きつけられる。しかもその直後、飛んできたバケツが頭にクリーンヒット。すこーん、と小気味よい音が響いた。そういえば庭に出しっぱなしだった。

「いった……、うわ、え！」

顔を上げて、目の前に広がった光景にユキは絶句した。

庭の生け垣がなくなっていた。いや、まだあるにはあるのだが、どれも風でへし折られたのか、半分以下の背丈になってしまっている。他の庭木も酷い有様だった。

台風がこの町に来たことは何度もある。その度にどこかが浸水して騒ぎになったが、明らかに規模が違う。こんなふうになった庭は未だかつて見たことがない。

一体、なにが起きているんだ。

よろけながらユキは庭を走った。雨は弱いが、風が身体に刺さるような早さだ。石畳を踏んで、折れた生け垣の低いところを飛び越える。枝が膝をえぐるような感触がしたが、構わずアスファルトに着地する。けれどそこから見下ろした町の様子に、膝の力が抜けて転げそうになった。

「な、――なんじゃこりゃあああ!!」

往年の名俳優の台詞である。平成生まれのユキはそれを知らなかったが、思わず名台詞も出るほどに、あかね町の様子は変貌していた。

どこかで声が上がったかと思うと、傘やトタン、ゴミやら何やらが強風で巻き上げられる。頭を庇《かば》う住民たち。信号が機能しなくなったらしく、のろのろと徐行する車の列。皆恐る恐る辺りを窺《うかが》いながら、橋梁の向こう、中州の外を目指している。そこ以外にこの町から出るルートはない。

七尾に電話したが繋がらなかった。一瞬、幸子に連絡しようかと揺らぐ気持ちを振り払う。母親は呑気にバカンス中だ。助けてなんかくれない。いつだって、肝心《かんじん》な時にいてくれない。

自然と七尾を捜して、ユキは走り出していた。

この辺りは中州の最端部だ。住民の姿はない。坂道を駆け下り、駄菓子屋の前を過ぎる。コンビニの電気も消えていた。皆もうとっくに逃げたらしい。

辿り着いた商店街の入り口には、張り詰めた空気が漂っていた。

「七尾！」

落下物から身を庇いながら、彼を捜す。雨が強くなってきて、どこもかしこもびしょ濡れだ。おまけに寒い。他の人たちも肩を震わせながら、飛ばされそうな傘を握りしめている。そのうち一つがついに舞い上がって、どこかで悲鳴が上がる。同時に鳴り響くクラクション。

「ばかやろう！」

その隙間から、刺さるような七尾の声。次の瞬間腕を摑まれ、足が宙に浮いた。

「うわ、わ」

「じっとしてろって言っただろうが！」

いきなり降ってきた低い怒鳴り声に、びくん、とユキは肩をすくめた。恐る恐る見上げると、荒く息を吐く七尾の鋭い目がぎろりと睨み、咄嗟に逃げようとするユキの視線を縛る。以前より大きくなった身体のせいもあって、すごく怖かった。

「あ、あの……」

「怪我人も出てんだ！　家なら安全なのにばかったれ！」

避難する人たちが、なんだなんだと二人を振り返る。五百メートルにも満たない小さな商店街には、七尾の言う通り、割れたガラスや折れて先の尖《とが》ったサッシなど、危険な物がごろごろ転がっていた。しかも、それが強風で時折巻き上げられるのだ。住民は青い顔をしながら、ひたすら頭を庇って出口を目指す。

「参ったよ、信号動かない。麻生《あそう》さんとこの車壊れちまった、そこの角」

「あ、おじちゃん」

七尾を宥めるように、七尾の父親、剛《つよし》が二人の間に入ってくる。剛はユキを見下ろして、おい、と七尾を肘で突いた。

「ユキちゃん怪我してるぞ」

剛の視線を辿り、ユキは初めて自分の膝の怪我に気付いた。他にも、肘なんかが擦り切れている。七尾は迷惑そうに、ちっ、と舌打ちした。ユキの腕を摑んで、七尾酒店に引き摺ってゆく。

「あの、七尾、ごめ……」

「世話ばっかかけさせやがって！」

「タケ、落ち着けって」

剛は溜息を零して、「ここんとこ、こいつ働き通しなんでね」とユキに耳打ちした。七尾の顔色は、心なしかくすんでいる。相変わらず剛と共用のタンクトップは、真っ黒に汚れていた。途中すれ違う住民の中から、七尾と同じ消防団らしい男たちが声を張り上げる。

「鈴木《すずき》さんとこのじいちゃんが転んだ！」

「今行きます！」

七尾は叫んで、ユキを酒店の中に放り込んだ。「あれま」と目を見開いた滋子がキャッチする。「絆創膏あるか」と剛は奥の居間へ向かった。

「うちも今から避難するとこでね、おばあちゃん、ほら、行くよ！」

滋子の手には、七尾の祖母キヨの細腕が握られている。キヨはもう耳が遠く、かなり前から会話が成り立たない。ユキの顔を見て、「まあまあ……」と笑うだけだ。

「おばあちゃん一人じゃ置いとけないからねぇ。お姉ちゃんとこ部屋空いてるから」

七尾には姉がいて、結婚し町を出ている。しばらくの間七尾家はそこにやっかいになるらしい。

「な、七尾も行っちゃうの？」

「タケ？　ああ、あの子はほら、消防団があるからね」

言いながら滋子は屈《かが》み、タオルでユキの膝を拭う。剛が絆創膏を差し出して、彼女はそれを貼り付けた。

「大変な時に来ちゃったねえ、ユキちゃん」

「うん……。おれ七尾から電話来るまで寝てたから、全然知らなかった」

「サイレン鳴ってたのに！　たはは、さすがだ！」

剛が爆笑して、滋子からキヨを預かる。十二時少し前に警報が出され、半分以上の住民は避難することになったらしい。残りは、ユキの家もある高台に立つマンションの住民と、身寄りのないお年寄り。それも近いうち、避難になるかもしれないと言う。

「小学校も廃校になってから、脆《もろ》くて使えん」

そうだ。以前は水害警報が出ると危ないエリアの住民は皆、小学校に避難していた。いつの間にか廃校になったようだ。

ユキは店先から商店街を見た。行き交う住民のほとんどは中高年だ。子供はますます減っている。どれだけの人が今、避難できずに困っているのだろう。

「そんなもんだから、あいつも気が立ってんだ。おれもばあちゃん送りに一旦行かなきゃならん。なんかあったら、タケをよろしく頼むよ」

「おれ、七尾の邪魔にしかならないと思う……」

零したユキの頭を撫でて、剛は笑う。

「ユキちゃん来た日、あいつ一晩中起きててうるさくて敵わなかったんだよ。ＣＤだかなんだか大音量で流しやがって。なんだかんだ嬉しいんだよ。久しぶりだから人見知りでもしてんだろ。今だって友達少ねえし」

ネクラだからなあ我が息子は、と剛は苦笑して、キヨの腕を引いて店を出て行く。

それは間違いだ、とユキは思った。七尾はきっと、嬉しくて寝られなかったんじゃない。

店の横につけた軽トラに、キヨを乗せるのを手伝った。運転席に剛が乗り、荷台には滋子が乗る。そこにはすでにいくつかの荷物が積まれていた。

「何しろ古い家が多いからね。この辺りは浸水して危ないかもしらん。ユキちゃん、あんまりふらふらしたらだめだぞ」

十三年前の事件を引き合いに出されて、ユキは頬が熱くなった。

「そんなこともうしないよ！」

「どうだか。こいつはいつまで経ってもバカだからな。今度は水溜まりで溺れるんじゃないか」

「なっ！」

ぬっと七尾が軽トラの裏から顔を出す。ボストンバッグを滋子に渡すと、七尾はユキを見つめ、顔を歪めた。

「……お前、来るなら来るで、せめて着替えてこれないのか」

「え？　……ああっ！」

ユキはパジャマのままだった。どうしようもない、と七尾は頭を抱え、剛と滋子に笑われる。

「タケ、ユキちゃんのこと見てるんだぞ」

「言われなくても見る。なにするかわからん」

笑い声を乗せて、軽トラは雨と人をぬって遠ざかってゆく。

商店街は徐々に人が少なくなってきた。元々そんなに大きな町ではない。避難の混乱は、あと少しで一段落しそうだ。

七尾も仕事が落ち着いたのか、店先に座り込む。なにをするでもなくぼんやりと、行き交う住民を見つめている。けれど雨と風はますます強くなり、ユキは立っているのがつらくなってきた。

「……七尾はこれから、どうするの」

遠慮して、できるだけ距離をとり七尾の隣に腰を下ろす。七尾が特に反応しないのでほっとする。よく見ればあちこちの排水溝から、下水が溢れ出していた。あかね町は立地が悪いだけでなく、水捌《は》けの設備も悪い。風に煽られて、あちこちの店が軋んだ音を立てている。どこかで落ちたのか、ガラスが割れる細い音。

「どうって、とりあえず行く所のない人は隣町に避難できるから、もしなにかあったらそこに……」

七尾自身のことを聞いているのに、彼は避難させる住民のことで頭がいっぱいらしい。ふとユキの視線に気付いて、首を捻る。それから苦笑。

「そんな、〝どうしよう〟って顔するな。ったくお前は、手のかかるやつだな」

「ごめん、迷惑ばっかりかけて」

濡れたパジャマの膝を抱えて、ユキは項垂れた。左足だけ捲り上げられた裾《すそ》には、血が滲んでいる。結構深く切ったらしい。絆創膏は四枚も貼られていた。

「……大丈夫だ、おれがいてやる」

こん、と牛乳瓶が頭にぶつかる。顔を上げると、七尾の優しい視線が落ちてきた。ユキは酷く安心するのと同時に、泣きそうになる。

この一週間、本当はとても寂しかったのだ。

「ん？　なんだよ」

だけれど、首を傾げてふっと柔らかく笑う七尾に、そんな大人びた笑い方もするようになった彼の視線に耐えられず目を逸らす。ユキは無言で首を振った。膝に顔を押しつけて、目を閉じる。やっぱり七尾は優しい。……優しいから、つらい。

「メシ食ったのか？　牛乳飲むか」

「嫌いだもん」

零したユキに、七尾は声を上げて笑った。ユキは俯いて、滲んだ涙が乾くまで、唇を噛んで俯いていた。

夕方になると危険区域の避難が終わり、あかね町は急に静かになった。

雨風はぴたりとやんでいた。あんなに酷い状態が嘘みたいだ。夕日の残り火に照らされて、昼間より明るくすら見える。いつの間にか電気も復旧したらしく、高台にはマンションの明かりが見える。

「こんなんなら、別に避難しなくてよかったじゃん」

「バカ、台風の目に入ったんだ。ほら」

促《うなが》されて見上げた空には、無数の星が瞬《またた》いている。薄暗いうちからこんなにはっきり見えるのは、ここが田舎だからだ。空気が澄《す》んでいて、明かりも少ない。東京のぼやけた星空に慣れた目には、痛いくらいだ。

けれど七尾の言う通り、地上付近には真っ黒な雲が立ちこめていた。熱帯低気圧の塊《かたまり》は地平線を這うようにぐるっとあかね町を囲んでいる。

「うわ！　円になってるよ円！　すっごい、ほんとだ！　おれたち今、台風の真ん中にいる！」

「一人で教育番組やってないで、行くぞ」

七尾は肩を落として、四駆のエンジンをかける。彼は四月生まれなので、高校の夏休みには免許を取ったらしい。ユキはまだ持っていない。

後部座席に七尾家から持ち出した食料を積み込んで、助手席に乗り込む。それを積み込む時、「帰らなくていいのか」と聞かれたが、少し考えてユキは首を横に振った。まだ、ここにいたかった。

「免許なくてお前、いざって時どうするんだ」

「東京では使わないもん」

「ああそうかい」

本当は専門学校一年目の夏、教習所に通っていたのだが挫折《ざせつ》した。筆記は勿論、実技もからきしだめだったのだ。正直に言うとさらにバカにされそうなので、黙っておく。

七尾は慣れた手つきで車を発進させる。人気のなくなった商店街を抜け、元駄菓子屋の前を通る。車だとユキの家まであっという間だ。

「すごいなあ、なんか」

思ったままを口にして、ユキはまじまじと七尾を見てしまう。背はもっと伸びたし、車まで運転している。元々何一つ敵わなかったのに、ますます大人になっている。ユキを置き去りにして。

「でも晩ご飯はおれが作るよ！　泊めるんだからもてなさないとね！　料理はけっこうできるんだから」

「是非ともそうしてもらいたいね」

荒れ果てた庭に直接車で乗り入れ、荷物を家に運んだ。運んだのは七尾で、ユキは引き戸を開けただけだ。しかし出る時に半分開いたままにしたせいで、廊下は水浸しだった。

「……お前は本当に、どこまで手間をかけさせるんだ……」

七尾の機嫌がまた悪くなった。「バケツがない！」と叫ぶ声に、ユキは台所へ避難した。よろけながら段ボールをレンジの下に置いて、ジュースしか入っていない冷蔵庫を開ける。久しぶりに満タンになった食材に、やる気が出てきた。

裁縫と同じくらい料理は大好きだ。でも食べてくれる人がいないとつまらないので、たまにしか作らない。幸子は日中大抵、二日酔いで死んだように寝ているからだ。

「七尾お、カレーでいい？」

「知るか！　それよりなんでバケツが屋根の上にあるんだ！」

多分、あの後風で飛ばされたのだろう。まだしばらくは怒っていそうなので、黙って夕食を作ることにする。

ひとまずTシャツとハーフパンツに着替え、野菜を切って、お湯を沸かして茹《ゆ》でる。縫い物と同じで、こういうちまちました作業は楽しくて好きだ。

黙々と炊事をしていると、背後に気配を感じた。振り向くと、七尾が微妙な顔をして廊下から顔を出している。濡れた髪を後ろに撫でつけ、身につけているのは腰に巻いたタオル一丁だ。先に風呂に入ったらしい。

「これ、お前が作ったのか」

ぬっと掲《かか》げられたのは、ハンガーにかかったメンズジャケットだった。ユキが頷くと、七尾は目を見開いて唸った。

「……驚いた。お前、ホントにこういうのだけは上手なんだな。うちの父ちゃんのより立派だ」

剛も決してセンスがいいとは言えないし、七尾と親子揃って服に無頓着だ。自営業の酒屋だし、持っているジャケットなんて十年物だろう。比較対象がちょっとよくない。でも、褒《ほ》めてもらえたのは、すごく嬉しかった。

「……だ、だめだよそれ、袖《そで》ががたがただから」

鍋に視線を戻して、ユキは返した。カレールーと隠し味のチョコを投入する。ちょっとぶっきらぼうな言い方になってしまった。

「学校じゃメンズって作らせてくんないの。カンでやったら、もうぼろぼろ」

服飾の基礎基本はレディースにある。そのため生徒は在学中、ほとんどメンズを作る機会がない。年に何度か行われるファッションショーも、レディースが中心だ。

ユキの説明に七尾は真剣に頷いた。そんな反応がおかしくて、ユキは笑ってしまった。

「全然どこもおかしくないぞ、売れるだろ、これ」

まだボタンも着いていないジャケットに、七尾はそんなことを言う。

「着てみたらわかるよ、すごい着心地悪いから。腕上がんないかも」

「着ていいのか」

「おれじゃ着れないよ、でかくて」

言ってから、しまった、と顔が熱くなった。

動揺を悟《さと》られないように下を向き、無意味に鍋をかき混ぜる。七尾はなにも気付いていないようで、ごそごそと試着し始めた。

「……確かに腕が、なんか変だ」

「あはっ、だから言ったじゃん！」

振り向いて、ユキは一瞬息を呑んだ。イメージ通り、ジャケットは七尾にとても似合っていた。仕立ての悪さも、彼の素材にかかればこともなくカバーされている。……それはそうだ、七尾をイメージしてデザインしたのだから。

一週間家に篭もって、課題はほぼ片付いてしまった。ふと思い立ったのだ。デザイン帳に描きためていた服を作ってみようと。今までは漠然《ばくぜん》としたイメージしかなく取りかかれなかったが、サイズも大体わかった。始めた途端ノって、あっという間に形になった。慌てすぎて、細かいところは失敗したが。

「でも格好いいなこれ。お前もこういうの着ろよ。そんなへちゃむくれのクマのTシャツなんぞ着てないで」

「……これは今、流行ってるんです……」

日本に上陸したばかりの最新ブランドをけなされて、ユキはがっくりした。高かったのに。しかもクマじゃなくて犬だ。言ったところで七尾にはわからないので、抗議は諦める。学校の友達はみんな、褒めてくれたのに。

「あ」

そこまで思って、昔の記憶が蘇る。

「七尾って今も友達少ないの？」

「話が激しく飛んだぞ今！」

突っ込まれて、えへっ、と頭を掻く。思ったことをそのまま口にしてしまうのは、ユキの悪い癖《くせ》である。でも、商店街での剛の言葉が引っかかったのだから仕方ない。

七尾はふっと視線を逸らした。小さな声で、お前は？　と返される。

「……専門の友達はみんな話合うよ。女の子だけどね、相変わらず」

ユキの周りは、昔から女の子ばかりだ。「モテる」とは少し違う。スポーツは苦手だし、料理とか裁縫とか、およそ男子らしくない趣味だから、要するに「仲間」なのだ。同性の友達は七尾くらいしかいない。専門学校のクラスは、ユキ以外全員女子だ。

けれど七尾はどうだったかな、と考えてみて、びっくりしたのだ。

七尾がユキ以外の友達とつるんでいた記憶は、ほとんどなかった。……中学一年のあの日まで。

それ以降のことは、よく知らない。でも七尾は部活で活躍していたから、……きっとそれなりに、沢山の人に囲まれて過ごしたのだろうと、なんとなく思っていた。

「……人と話すの、疲れるから好きじゃない」

七尾はそっぽを向いたまま、ぶっきらぼうに言った。時々無口だとは思っていたが、そんなふうに彼が考えていたことを初めて知る。

「……でも、おれとは話してたじゃん」

むしろよく喋る。ユキより喋っている時だってある。

「お前は会話が成立しないからな。犬とか猫みたいなもんだ」

「ひ、ひっど！　ちょ、ひどいよそれ！」

思わず持っていたオタマを振り上げたところで、着信音が鳴った。まな板の横に置いたユキの携帯からだ。ディスプレイに出た名前を見て、一瞬ユキは固まった。

「出ないのか。……幸子さん？」

「いや、えっと……」

幸子の番号は相変わらず拒否している。七尾と携帯を交互に見て、ユキは焦った。なにもこんな時に、かかってこなくてもいいのに。

「……元カノ」

言うと、ぎょっとしたように七尾が仰け反った。やっぱり。そういう反応をされることがわかっていたから、隠しておきたかったのだ。

「も、もしもし、なに？　麻美《あさみ》ちゃん」

戸惑いながら通話ボタンを押した。途端、電話口の相手は苛立ったようにまくし立てる。

『テキストがない！　あんた持ってんでしょ、あたしの！』

「も、持ってないよお。いきなりなにもう……」

『そんな可愛い声出しても通用しねえから！　指貫きも持ってた！』

「ゆ、指貫きはごめんって、でもあの時おれ、持ってるバッグの中、全部見たもん。だっ、だからほら、そんなにおこらないでよお……」

『あ——そういうのほんっとイライラする！　もういい！』

ぶつん、と通話は一方的に打ち切られる。溜息を吐いて携帯を閉じると、いつの間にか七尾が隣に立っていた。

「当ててやる。お前が振られた」

「だからなに！」

ニヤつく七尾を睨みつつ、ユキは涙ぐんだ。その通りである。

クラスメイトで、二年に進級して告白されたが、一か月と保たなかった。『ナヨナヨ女の子みたいで可愛いのがいいと思ったけど、いくらなんでもナヨナヨしすぎなんだよ！』というのが彼女の言い分だ。可愛いのがいいのか悪いのか、どっちなんだ。理由になってないじゃないか。

「よくわかんないよ、女の子って……」

友達としては面白いけれど、彼氏としてはだめ、だなんてユキには理解不能だった。

「でも、……意外だな。お前はそういうの、疎《うと》いかと思ってた」

「べつに、彼女くらい作るよ、おれだって」

見栄を張ってみたが、勿論ユキにとっては初めての彼女である。告白されるまで正直なんとも思っていなかったが、それでもすごく嬉しかったのだ。自分のことを男として見てくれた、初めての女の子だった。

「一緒にテーマパーク行ったりして、最初は楽しかったんだけどねえ……」

思い出してしんみりしていると、妙な沈黙が流れた。ユキが見上げると、七尾は黙ったままこちらを凝視している。心なしか、顔が引き攣《つ》っている気がする。口元が、笑おうとして失敗したみたいな変な動きだ。

「で？　どうせ初彼女だろ。どこまでヤったんだ」

バレていた。だけれど動揺する前に、七尾の顔がどんどん険《けわ》しくなるので、ユキは首を傾げた。

「……七尾、なんか怒ってる？」

「怒ってない」

即答された。だけれどその顔は、さっき商店街で見た時と同じくらい険しい。明らかに機嫌が悪い。さっきより悪いかもしれない。

「な、なんか怖いんですけど」

思わず後ずさると、真顔でその倍距離を詰められた。壁まで追い込まれ行き止まる。濡れた黒髪が揺れて、滴《しずく》がユキの顔にぽたぽた落ちた。古い造りの台所は狭く、このままだとでかい七尾に押し潰されそうだ。

「聞こえなかったのか、どこまでだ」

表情だけでなく、声まで硬く冷たい。ユキを睨み付け、逃げられないように視線で刺す。どう見たって絶対に怒っている。素肌にやたらモードなデザインのジャケットを着たせいで、マフィアみたいだ。無茶苦茶怖い。このままじゃ殺されそうな気がする。

「ど、どこまでもヤってません。見栄張りましたデートしただけですすみません！」

命が惜しかったので、ユキは仕方なく白状した。迫力に負けて、何故だか謝ってしまった。

しばらくしてがちゃりと傍らの冷蔵庫が開く。いつの間にか閉じていた目をユキは開ける。七尾はさっきまでの形相が嘘のように、さわやかな顔で牛乳を飲んでいた。

「はは！　なんだお前それ、付き合ったたって言わないだろ」

マフィアの次はアイドルばりの笑顔を振りまかれる。情緒が不安定すぎる。表情の乏《とぼ》しい七尾らしくない劇変《げきへん》ぶりはとても不気味だった。

「……なんか七尾、気持ち悪いよ」

「どうせそんなこったろうと思ったがな！　はっは！　なにが〝彼女くらい〟だ。お前、童貞《どうてい》のくせして」

「うっ、うるさいなあ！　じゃあ七尾はどうなんだよ！」

「おれか？　おれはまあ、それなりにな」

「全然わかんないんですけど、それじゃ」

ユキが突っ込むと、七尾は考えるように沈黙した後、頭を掻いた。

「何人とかは、正直わからん。付き合ってるわけじゃないしな。……付き合ったことはないぞ、お前と一緒で」

それはつまり付き合ってもいないうちから、何人もの女の子と寝ているということで、しかもその言い方からすると、下手をすれば同時に複数と、そんな関係を持っているということになり……。ユキは頭が痛くなってきた。

「好きでもないのに、そういうことするわけ」

「出た、童貞ドリーム」

「うるさい！　この節操なし！」

「おっ、〝節操なし〟なんて難しい言葉、よく知ってるなあ」

「なんだよバカにして！　バカバカ！　七尾なんか、七尾なんかうんこだうんこ！　最低！　最低だよ！」

「お前怒るとそれしか言えないのな相変わらず！　語彙《ごい》がない！」

腹を抱えて笑う七尾に、ユキは心底むっとした。言い返したいが、指摘された通りこれ以上言葉が出てこないのだ。

勝手にバカにすればいい。それでもユキは、本当に好きな人としかそういうことをしないと決めている。

——だから麻美にホテルに誘われた時も断った。……別れ話をされたのは、その翌日だ。

でも七尾は、そんなことを知らなくていい。

「……なんだよ、本気で怒ることないだろ」

黙って俯いていると、牛乳瓶でつつかれる。怒ってないとユキは呟いて、ますます項垂れる。怒っているんじゃない。悲しいだけだ。

「ああああああ！」

だけれど七尾のすっとんきょうな声に、出かかった涙が引っ込んだ。

「おま……っ、火ぃ止めてなかったのか！」

「えっ、……うわ！」

二人の傍らにあるガスレンジから、黒い煙が上がっていた。

もうお前はなにもするな、という七尾の怒鳴り声で、ユキは風呂場行きになった。


雨がまた降り始めている。

洗面所から黒い夜空を見上げて、ユキは溜息を吐いた。洗濯機に今朝のタオルケットが入れっぱなしだったのだ。脱水がまだ終わらなくて、七尾やユキの汚れた服が入らない。

見ていると、忘れかけていた罪悪感が蘇り憂鬱《ゆううつ》な気分を誘う。せっかく七尾が来ているのだ。暗いことはあまり考えたくない。

七尾もこういうことをするんだろうか。……いや、相手をしてくれる女の子がいっぱいいるのか。

思いながら、ドライヤーで髪を念入りにブローしつつ、そういえば最後に七尾がこの家に来たのはいつだったろう、と考えた。それが中一のあの日の朝だったことを思い出して、ますます気分が落ち込んだ。失敗だ。

気を取り直して、意識して口角を上げながら廊下を抜けた。寝室の外を回って居間の障子を開けると、新しいタンクトップに着替えた七尾に睨み付けられた。

「……遅すぎる」

七尾の前の文机には、インスタントラーメンの入った丼が二つ。よく見れば、両方とも汁がない。麺が伸びて吸ってしまったらしい。

「お前、風呂出るって言ったの三十分前だな。なんでここに来るまで、そんなに時間がかかる」

それはドライヤーとか、スキンケアとか、風呂から上がってからもいろいろすることがあるからで、……とユキは言おうとしたが、七尾の顔色を見てやめる。なんだかまた怒っているので、火に油を注ぎそうだ。七尾には、理解できない理由だろう。

「しかもお前、カレー味見したのか」

「えっ」

急に聞かれて首を傾げるユキに、七尾は苛立ったように声を荒らげた。

「カレーじゃなくてアレじゃあチョコだろうが！　ルーより隠し味が多いってなんなんだ！　大体チョコは非常食用だ！」

焦《こ》げたカレーにまだ食べられるところがないかと、七尾は味見したらしい。ユキは料理が大好きだ。ただしイコール、得意ということではない。裁縫と違って。

「……おれ、味オンチみたいなんだよね。幸子が言ってた」

「そんな次元じゃない！　しかも冷蔵庫の中のもん全部突っ込みやがって……。なんでタマゴまで入れるんだ。一パック丸々……。三日分の食料がない……」

最後に自分が気を利かせて作ったラーメンまで伸びて、七尾は怒り心頭というわけだ。

「……ちゃんと見てなかったおれが悪いのか……」

頭を抱えて唸ったあと、七尾は項垂れて黙り込んだ。

……困った。全面的にユキが悪いので、なにも言えない。

「お、お菓子ならあるよ、ほら、忘れてったビヨコ！」

戸棚から蛍光色の菓子折を取りだして見せたが、七尾の機嫌は直らなかった。

もったいないから食え、と怒鳴られて、二人で伸びたラーメンをすすることになった。

明日は残りの住民を避難させるから、食料を調達している暇がない、と七尾は零し、それきり黙ったままだ。

思った以上に事態は深刻らしい。

雨風で家が軋む音を聞きながら、ユキは今さら反省していた。しかめつらでわずかに残ったスープを飲む七尾に、「ごめんね」と言ってみたが、返事はもらえなかった。

――どうしよう。本気で怒らせてしまったかもしれない。

昔みたいに、七尾がぽんぽん話しかけてくれるので、嬉しくて調子に乗ってしまったのだ。七尾に確認してから料理すればよかった。

七尾の口数と毒舌は、機嫌のよさと比例する。ユキをからかうのが楽しいのだ。だから酷いことを言われても、ガーガー喚《わめ》かれても気にしなくていい。そういう時の七尾は本気で言っていないし、怒っていないからだ。けれど、黙って無表情になった時はやばい。

「ご、ごちそうさまです、片付けますです……」

せっかく七尾と過ごせる時間を無駄にしたくない。ユキは七尾の顔色を窺いつつ、ひとまず空のカップを下げようとした。

「……これ、まだ持ってるんだな」

七尾の声が急に柔らかくなったので、少し驚いて彼の視線の先を見る。それから、あっと顔が熱くなる。文机の端には、今朝から例の絵日記が置きっぱなしになっていた。

「こ……、ここ来る時に、たまたま見つけて……懐かしかったし、その……、そう！　今やってるデザインの参考にしてんの！」

どうにか上擦った声で言いわけする。本当は、部屋の一番目立つところに何年も飾っていた。都会暮らしに馴染めない時も、一人の夜が続いた時も、これを見るといつも元気が出たからだ。ユキの一番嬉しくて大切な思い出の結晶だから。持っていれば、どんな勇気も出そうだったから。うっかりしていつの間にか、半分失《な》くしてしまったけれど。

破れて汚れた端のほうを持って、七尾はそれを読み上げる。

「今日台ふうでさいれんがなって、びっくりしました。……って、びっくり以外の感想ないのかよ。まあ、ない頭だから、川に落ちたのか。ははっ、お前いまだに、作文ヘタだろ」

「い、今はマシになってるし！」

専門学校に入っても、文章問題でよく注意される。話題を変えたくて、ユキは前々からの不思議を口にした。

「でもそれ、学校から持って帰って、気付いたら半分なくなっちゃってたんだよね。おれのことだから、テストと一緒に破っちゃったのかなぁ？」

「……そうなんじゃないのか」

七尾はそれだけ言うと、丼を持って立ち上がる。ユキもせめて手伝おうと、後に続いた。

台所に行くと、散らかっていたはずのシンクがきれいに片付いていた。焦がした鍋は床の段ボールに入れられている。もう使えないだろう。

居間に戻ると、七尾は自分の布団を敷いていた。ユキのは奥の部屋に敷きっぱなしだ。

「手伝います隊長！」

「もう終わっちまう、バカ」

敬礼するユキに七尾はまた笑った。機嫌が直ってきている。よかった。

「もう寝るの、早くない？」

「お泊まり会じゃない。明日もおれは早いんだ。本当なら、消防団の集まりで寝なきゃならんのに」

「あ、七尾ってさあ、消防団でなにたの？　ナントカ長みたいの、隊長とかそういうの」

「下っ端だよ、一番ガキなんだから。決まってるだろ」

面倒臭そうにあしらわれるが、気にしない。さっきまで反省していたのなんか、もう忘れてしまう。何しろ一晩中七尾と一緒にいられるのだ。中学校一年生の時以来。どうしたって、浮かれてしまう。

几帳面に枕カバーの端を畳む七尾の隣にしゃがみ、まだ湿った髪に隠れる横顔を眺めた。背後の蛍光灯の明かりで陰影が出て、曲線がきれいだ。見惚《みと》れていると、視線に気付いて七尾が顔を上げる。

「……おれの顔に、なんかついてるか」

困ったように視線を逸らされる。布団に手をついて、ユキは満面の笑みを浮かべた。

「お泊まり会じゃないって言うけど、ねえこれ、お泊まり会だよ。昔みたいでおれ嬉しい！」

「……そりゃよかったな、ガキかお前は」

鼻歌を奏でるユキを無視して、七尾はてきぱき布団に入ろうとする。まだ九時にもなっていない。いつもそうだ。まだ遊びたいと駄々をこねるユキに構っていると埒があかないので、最後は黙って布団に入ってしまう。そうするとユキも眠るしかなくなるから諦める。

七尾にぴったりくっついて。

「ねえ、なんかして遊ぼうよ！」

——ユキ、寝にくいよ。

思わずそんな、七尾のはにかみ顔が蘇り、布団を捲る彼の腕を摑んでいた。

——まずい、間違えた。そう思った時には遅かった。

「おれに触るな……ッ！」

腕を振り払った七尾に怯んで、ユキは布団に倒れ込んでいた。

打った腰を擦りながら、呻《うめ》いて起き上がる。七尾は呆然《ぼうぜん》とした顔でユキを見下ろすが、すぐに眉をハの字に下げ、ごめん、と言いかけたまま固まる。

「あの、……七尾その……」

「……寝る」

それだけ言って、七尾は布団にくるまってしまった。

――雨が強くなってくる。

雨戸ががたがた音を立て、家全体が軋み始める。台風の目が過ぎ、またあかね町に熱帯低気圧が戻ってきたのだ。

盛り上がった布団を見下ろして、ユキは途方に暮れた。

せっかくうまくやっていたのに、これでは初日と同じだ。ただただ、七尾と仲良くしたいだけなのに。さっきみたいに、昔みたいに、沢山話して笑って、少しでも一緒にいたいだけなのに。

……でも、本当はそれだけじゃない。だからきっとこうやって、うまくいかないのだ。

「ゲ、ゲームしない？　ＰＮＰおれ、二台あるよ」

「……ゲームやらん」

布団の塊からくぐもった声が上がる。七尾の顔が見たかった。

「そ、そうだよね。相変わらずなんだやっぱ。じ、じゃあ、テレビ！」

「……見れないだろ、アンテナ壊れて」

「そうだった……」

困って頭を掻いていると、ちかちかと蛍光灯が点滅し始める。また停電するんだろうか。

不安になって、辺りを見回した。

すると奥の寝室の襖が開いているのに気付き、乱れたままの布団とティッシュが転がっているのが見えた。

「ああっ！」

ユキは慌てて駆け寄って、布団を直してティッシュを片付ける。気付くのが遅すぎた。

七尾はこれを見たのだろうか。布団を取りに寝室に入っているから、間違いなく見ている。

……どう思ったんだろう。

想像して、消えたくなった。こんな自分は消えてしまえばいい。消えてなくなりたい。

でも消えない。知っている。今まで何度も何度もそう願って、一度も叶わなかったから、わかっている。

──だから笑って、努めて明るいふりをして、昔のようになにも知らないふりをして、ふざけた台詞を吐くしかないのだ。

「じっ、じゃあ一緒に寝ようか、昔みたいに！」

──そうすればまた、あの頃に戻れるかもしれない。

襖が音もなく開いたのに、ユキは気付かなかった。気配に振り向くと、七尾が立って、無表情にユキを見下ろしていた。逆光でよくわからないが、浅い息遣いから、怒っているのだけはわかった。

「ど……」

どうしたの、と聞き終わる前に、ユキの身体は布団に投げ出されていた。強い力で手首を摑まれて、布団に押しつけられる。いた、と細い声を上げたが無視される。なにが起きたのか、よくわからなかった。

ばちん、とブレーカーが落ちる音と共に、部屋が真っ暗になる。

また停電だ。雨風の音に混じって、七尾の荒い息が聞こえる。すぐ近くに顔があるのだと気付いた途端、心臓が跳ね上がった。

「お前、ふざけてんのか」

低い声に、びくりと肩がすくんだ。

「ふざけ……、て、なに……」

動揺して、うまく舌が回らない。わずかに甘い匂いがする。そんなはずない、お互い風呂上がりだ。同じものを使っているのに、ただの石鹸《せっけん》の匂いに甘く侵食《しんしょく》される。抗おうと思う暇すらなく、惹《ひ》きつけられる。それが「七尾の匂い」なのだと思うと、身体も頭もぐずぐずに、使いものにならなくなってしまう。

「バカもいい加減にしろって言ってるんだ」

「ひ……っ」

腹に冷たいものが当たって、変な声が零れた。七尾の手だと気付いた。それがユキのTシャツを捲り上げる。首筋に、生暖かい感触がした。漏れた吐息がそこをかすめて、七尾に首筋を舐《な》められているのだとわかった。

「なに、してんの」

上がりそうになる息を堪えて、ユキは言った。

七尾の手は、さっきから妙な動きをしている。ユキの膝から腿の部分を何度も行き来して、時々変な部分に当たるのだ。思わず腰を引いた。だけれど手首を摑んでいた手で肩を押さえつけられて、それ以上動けなくなる。

「なにって、わからないか」

「わ……っ」

答えられなかった。ハーフパンツの上からそこを撫でられて、息が詰まったのだ。

「お前があんまりバカだから、教えてやるんだよ」

返事ができない。布越しに擦られ息が上がってしまう。さっきまで、七尾と二人でカレーを作っていた。昔みたいに喋って、笑って、仲良くやっていた。……それがどうして、こんなことになるのか。

「なな……、ふ、ん……ッ」

首筋に触れていた舌が耳を嬲《なぶ》る。耳たぶを甘噛みされて、声が零れる。ぬめった舌が耳に差し込まれて、鼓膜が震えた。直接頭に響く卑猥《ひわい》な水音に、ユキは声を抑えることができない。

「あ、……あ、あっ、七尾、やめてっ！」

執拗《しつよう》に責めてくる舌と指から逃れようともがくが、大人と子供ほどの体格差があるため、七尾の身体はびくともしない。のしかかるようにしてユキを押さえつけ、逃がさない。

水音に混じって、七尾の荒い息。ぴったりと密着した互いの胸。そこから、ユキのを追いかけるように脈打つ、七尾の鼓動が伝わる。布越しの手が、徐々に熱くなってくるのがわかった。首を曲げようとしても、肩で押さえられてしまう。逃れられない。堪えきれない。それが七尾の手だと思うと、——だめだった。

「いや……だあ……っ」

すすり泣くような声を出すのと同時に、ユキの中心は勃《た》ち上がっていた。確かめるように時間をかけてそこをなぞり、七尾が大きく息を吐いた。ふっ、と耳に吐息がかかって、びくんと身体が跳ねる。それすら押さえつけるように、肩口を摑まれる。

「いた……、離し、て……」

顔を歪めてユキは懇願《こんがん》したが、七尾は聞かなかった。ますます息を荒げて、ユキにのしかかってくる。重みで息ができない。もう一度「離して」と言ってみるが、返事はない。

代わりに指が動くだけだ。やめてと言っても、嫌だと言っても無視される。七尾じゃないみたいだった。こんな七尾を、ユキは知らない。

「ここ触られるの、初めてか。……聞くまでもないな。童貞だもんな」

「ん……っ、ん、あっ」

低い声はどこまでも冷たく怖い。それなのに、ユキの身体はどんどん熱くなってしまう。暗闇に目が慣れてきて、七尾の肩口が見えた。だけれど顔が見えない。服の上からでも、七尾はユキの身体がどういう状態なのか、もうわかってしまっている。みっともなく身体を震わせて喘《あえ》いでいるのだって、少し顔を上げれば見えてしまうかもしれない。

「やだ！　……ねえホントにやだ！　七、あ……ッ！」

こんな姿を見られたくなかった。……七尾にだけは、見られたくなかったのに。

「ふ、あ、……あっ、あっ、あっ！」

限界が近いことを感じたのか、七尾の息と手つきが激しくなる。擦れる下着がぬめりを増して、卑猥な音が布から漏れてくる。涙が零れた。嗚咽なのか喘ぎなのか、もうよくわからない声が止まらない。

「わ……、あっ、やだ、だめっ、だめっ、……んんッ！」

背中を反らして、ユキは唇を噛んで首を振った。七尾を押し退けようとしたが、腕に力が入らない。それどころか、もっとと促すように抱きついてしまう。

「気持ちいい、だろ。言ってみろよ」

「……ぁ……ああっ！」

　身体が熱い。だけれど、しがみついた七尾の背のほうがもっと熱かった。ぼんやりその熱を感じるが、突き刺さるような快感に、すぐにわけがわからなくなる。止まらない声と浅い息、反る背。七尾の汗ばんだ首筋と、甘い匂いと——重なる二つの、ひどく速い鼓動。それらが混じり合ってユキに襲いかかる。

　下着が擦れて痛い。そう感じる程に、もう限界だった。

「七……っ、やだあ……っ、あっ、あああッ！」

　ぞくりと身体が戦慄《わなな》くのと同時に、ユキは射精していた。びくびく身体を震わせて、下着の中にそれが広がってゆく。

「ふ、う……、うう……」

　呻きながら身体の力を抜くと、ようやく七尾の手から解放された。

「……漏らしちまったな」

　乾いた声に、涙が零れた。のしかかっていた七尾の身体が離れる。

　泣きながらユキは七尾を睨み付けた。だけれど暗くて、おまけに俯いている顔は少しも見えない。さらに涙で視界はぼやけ、もうなにも見えなくなる。零れた嗚咽を腕で庇った。

「な……、う……っ、ひ……っ」

しゃくり上げていると、七尾の手がハーフパンツにかかった。下着ごとずり下ろされる。身体が怠《だる》くて抵抗できない。それよりもショックで、動けなかった。

垂れてきた鼻水を啜っていると、汚れた部分をなにかで拭われる。ごそごそ物音がして、どこから見つけたのか、乾いた下着の感触。再びハーフパンツを穿かされたのがわかった。

「……んで……、こんなこと、……すんだよぉ……っ」

それだけ言うのが精一杯だった。暗闇の中、七尾のシルエットはしばらく動きを止めて、小さく息を吐いた。腕がユキに向かって伸ばされる。

「……わからないのか、バカ」

「わがんない!!」

叫んで、咄嗟にユキは後ずさる。暗闇の中、わずかに視線がぶつかって、七尾はユキに顔を近付けた。けれど、ユキの身体がそれを拒否していた。伸ばされた腕を払いのける。

「……おい！」

七尾の声から逃れるように、ユキは寝室を飛び出した。

廊下を駆け抜ける。七尾の足音が追いかけてくる。嗚咽が止まらない。なんであんなことをされなければいけなかったのか、わからない。

――もうずっと、わからない。

「だから！　……おれはお前が、もうずっと――好……」

——耳をつんざくようなサイレンが、七尾の焦った叫びを掻き消した。

廊下を駆け抜けて玄関を開け、ユキは裸足《はだし》のまま豪雨の中を突っ切る。頭が回る前に、身体が勝手に動いていた。考えることがあまりにも多すぎて、パンクしたのだ。

風に煽られ、何度か足が浮く。生け垣を跳び越えて、また膝を切った。それでも足は止まらなかった。

——ユキ！

また七尾が、そう呼んでくれたような気がした。

坂道を駆け下りる。停電したあかね町は闇に包まれ、雨も強くてなにも見えない。泣いているせいもあるのかもしれない。走っているせいなのか、それとも嗚咽と鼻水のせいなのか、息がうまくできなくて苦しい。

雨と風の轟音は、サイレンの音も呑み込む勢いだ。

心臓が、ばくばくと跳ね続けていた。目眩《めまい》がする。どこを走っているのか、そもそも走っているのか、それすらもわからなかった。

＊　＊　＊

中学一年生のユキは、一人神社の階段に座り込んでいた。

ところどころ白く、か細く震えるように生える木々たち。重なり合う雑木林の枝々の向こうに、赤い橋梁がかすんで見える。片田舎の町の、どこにでもある風景。ずっとそれを、食い入るように見つめていた。絵にして描けるくらいには覚えてたんじゃないかと思う。

三月もあと少しで終わる春休みだった。あかね町は晴れていたが、前日に降った遅い雪がまだ残っていて、酷く寒い。境内の桜の蕾《つぼみ》が凍《こお》っている。制服の両膝をぴっちりつけて、冷えきった手を擦りながら、もう二時間も七尾を待っていた。

足元に置かれたヘルメットの中には、去年幸子に買ってもらった携帯が入っている。ほぼ一か月、七尾に毎日メールを送ったが、返事はもらえなかった。それでも授業のある間、変わらず七尾のロッカーにはユキのクラスで使う教科書が入っていた。もうすっかり、ユキは忘れ物をしなくなったのに。

四月になれば始業式だ。二年生になる。春休みも部活はやっているから、そこでなら七尾に会えるかもしれないと思って、今朝久しぶりに部室に行ってみた。何度もノックしたけれど、やっぱりドアは開かなかった。

——あいつと口きくなよ。自分までイジメられんじゃん。

終業式の日、誰かがそんなことを言っていた。これは「イジメ」なのかと、その時初めて自分の状況を理解したのだが、事態はすでに手遅れのようだった。

「……お前、いつからここにいるんだよ」

聞き慣れたかすれた声に、ユキは慌てて顔を上げた。

「タケちゃん……っ！」

膝の上にあったスポーツバッグがどさりと落ちる。ファスナーを閉めていなかったので、中からジャージと、今朝買った菓子パンの空袋が飛び出した。ペットボトルが階段を転がり、ジャージ姿の七尾の足にぶつかって止まる。

「さ、三時って書いたけど、でも部活もっと早く終わるかもしれないから、あっ、あと、えっと、昼ご飯食べたかったし……」

「あれ〝三〟なのかよ。〝五〟に見えた」

七尾の溜息を聞きながら、ユキはぶちまけたバッグの中身を拾い集める。

あれからなにをどうやっても、七尾に会えなかった。家も、教室も部室もどこもだめ。思い出して探してみたが、学校のトイレにもいなかった。休み時間の間、七尾は校内のどこかに隠れて回っているらしかった。

いつだったか、すれ違った七尾のクラスメイトが、「七尾とかマジさあ、アレで学校来んだからすげえよな」と笑っていた。意味はよくわからなかった。

「でもとにかく来た！　ここなら来てくれるかもって、おれ、すごい考えたんだよ！」

ユキは荷物と同じくらい、ぐちゃぐちゃの顔で笑った。

久しぶりに七尾の顔をまともに見られて嬉しい。

どうしてもどうしても七尾に会いたくて、話したくて、ない頭で必死に考えたのだ。ユキと喋るとイジメられるらしいから、誰にも見られない所なら、話してくれるんじゃないかと。

『きてくれるまでまってます』

マジックで書き殴った手紙を自転車の籠に入れたのは、三時間前。

大成功だ。雑木林の沼地の奥にあるこの神社は、一年の半分くらいは雨で浸水している。いずれは雑木林ごと埋め立てられ、新たな堤防を築くために立入禁止だから、まず人は来ない。

「で？　……なんの用だよ」

足元に転がったペットボトルを見つめて七尾は言った。聞かれてユキは少し困った。用と言われても、浮かんでこなかったのだ。

「なにっていうか、話したかったんだもん。タケちゃんと」

ふいに風が吹いて、境内の桜が揺れた。ぱらぱらと水しぶきが落ちてくる。日差しに透けてきらきら眩しい。それに気を取られていると、小さく七尾が言う。

「お前といると、ホモなんだって」

「タケちゃんホモなの?」

「違う!!」

言ったから聞いただけなのに、ものすごい剣幕で怒鳴り返された。

七尾はちっ、と舌打ちして、ユキのペットボトルを蹴り上げる。乾いた音を立て、サッカーボールのように弧を描き、雑木林の向こうにそれは消える。七尾がなんで怒っているのか、ユキにはわからない。

でも、彼が怒り続けているのは知っている。最後に一緒に下校した、あの日からずっと。

「じゃあなんで、話してくんないの」

「だから……」

低い声で呟かれた。以前聞いた時からまた、声が変わっている。七尾は顔を上げない。階段を上がるわけでもなくただそこで俯いて、苛立たしそうに膝を揺すっているだけだ。

見下ろしながら、ユキは悲しくなってくる。

ほんの一か月前までの七尾だったら、落とした荷物も拾ってくれたし、ペットボトルだって蹴らずに手渡してくれたはずだ。こんなふうにジャージをずり下げて腰で穿いたりしていなかったし、こんなふうにユキを睨み付けてもこなかった。なんでこんなに急に、変わってしまったのだろう。

「……おれ、……タケちゃんと学校行きたいよぉ……」

気付いたら涙が零れていた。鼻を啜って、荷物を持ったまま階段を下りる。濡れた頬に、風が当たって冷たい。

「なんでメールくんないの？　なんでムシすんの？　なんで迎えに来てくんないの？　おれずっと、一人で……」

瞼を擦りながら七尾を見上げた。中学に入る前はそう変わらなかったのに、今は見上げなければ視線が合わない。けれど見上げても、七尾は俯いたまま。もうずっと、ユキを見てくれない。

「ねえなんで！」

どさりと荷物がまた地面に落ちた。七尾のジャージを引っ張って、ユキは嗚咽を零した。クラスメイトの「イジメ」なんか、どうでもよかった。誰に無視されたって別にいい。そもそもぼんやりしているから、あまりよくわかっていない。でも、七尾だけは違う。

「……バカのお前に、説明したってわかるか」

七尾はなぜか諦めたように苦笑して、視線を逸らして呟いた。

「バカだけどわかるようにがんばるから！」

鼻水を垂らしながら叫んで、ようやく目が合う。七尾は顔を歪めて、ユキを見下ろした。しばらくそうして、急に無表情になった。

「……じゃあ、お前おれとキスしろよ。そしたら学校一緒に行ってやるよ」

突然のことに、ユキはぽかんと口を開けた。首を傾げて、七尾の台詞を反芻《はんすう》する。

「あ。タケちゃんおれのことが好きなの？」

「……は？」

「だって幸子が、キスは好きな人とするって言ってたもん」

そうだ。『好きな子としかしちゃだめ、あたしに似て可愛いんだから』と、随分昔に言われた。だからつまり、七尾がユキとキスするのであれば、「好き」でなければいけないのだ。

「……好きってお前、どういう意味か知ってんのか」

七尾は表情を変えない。聞かれて、ユキはただ七尾の顔を見つめ返すしかなかった。七尾がなんだかとても、怒っているような感じがしたからだ。さっきよりずっと。

「え、だから、えっと、なんか、楽しくて、なんか……」

言いながらユキは、ついこの間までそこにあった「感じ」を思い出した。七尾がいれば、なんでも楽しい。大したことでなくても、面白くておかしい。でも言葉にしようとすると、うまくいかない。わかっているのは、その感じがユキにはとても大事で、必要なものだということ。それを取り戻すためなら、なんだってしたいということ。

「わからない言葉使うなよ」

呆れた声で言われて、思わずユキはムキになってまくし立てた。

「わかるもん！　おれタケちゃんのこと好きだもん！　一緒にいたいんだもん！　だからキスするもん！」

そうだ。「好きな人とする」のだから、七尾としたっていい。幸子との約束は破られない。じゃあする。それで七尾が戻ってくるのなら、今すぐにする。いくらでもする。一人納得して大きく頷くと、ふいに七尾の腕が伸びた。

「……だからお前はバカだって言うんだ」

「タケ、ちゃ……」

勢いよく引き寄せられて、足が浮いた。腰に回された七尾の腕が痛い。思わずもがくと、さらに腕の力は増した。七尾の顔が近付いて、睨み付けられる。どうして、そんな顔をするのだろう。

ふっと、七尾の唇が頬をかすめた。びっくりした。そんなこと、幸子にしかされたことがない。俯こうとするユキの頬を摑んで、七尾は視線を落とし、口の端を上げた。

「こんなの、好きでもなくたってできるんだよ」

微かな吐息が唇にかかる。冷たい声と目だった。

「……っ、いやだ！」

ばちん。

振り上げた手が、七尾の頬を打っていた。腰を摑んでいた手が離れて、地面に尻餅をつく。バッグもヘルメットも携帯もすべてを置き去りにして、ユキはそこから逃げ出した。

ショックだった。キスされかけたことがじゃない。「好きでもない」のに、七尾がキスしようとしたことが、とにかく悲しくて、……何故だか無性に、悔しかった。

七尾の顔は見ていない。振り向いてしまったら、なにもかもすっかり変わって、もう彼が七尾でない別のなにかになってしまう気がして、恐ろしかった。神社を、雑木林を抜けて、闇雲に走り続けた。

七尾は追いかけてこなかった。

二年に進級して以降、ユキは学校に行かなくなった。七尾に会うのが怖かった。


幸子に泣かれて久しぶりに登校したのは、ゴールデンウィークも明けた五月中旬のことだ。

「部活を変えたらどうだ」

新しい担任はファイルに視線を落としたまま、ぽつりと言った。恐らく教師の耳にもユキの「噂」は入っていたのだろう。職員室の窓からは、グラウンドでボールを追いかけるサッカー部員が見える。七尾の背番号も。無意識に彼を目で追っているのに気付いて、ユ

キは窓から視線を外す。

「日野はサッカー好きなのか？　うん？」

「べつに……、運動とか好きじゃないし……」

だったらなんで入ったんだという顔をする担任に、ユキは俯く。久しぶりに着た制服が、むずむずして落ち着かない。

「えっと……、なんとなく」

七尾が入ると言うので、なにも考えずにユキも入部を決めた。それまでユキは、自分から、自分だけでなにかをしたことがなかった。隣にはいつも七尾がいたから、七尾のやりたいことを一緒にやっていればよかったのだ。

「サッカーとかより、ＢＯＵＧＥ読んでるほうが楽しいし……」

家で。学校になんか来ないで。……そこまで言ってしまうと、また幸子に電話が行きそうなので飲み込む。

「ＢＯＵＧＥってあれか。服の雑誌か」

ユキが頷くと、担任は少し考えるようにして唸った。

幸子は毎月、バカみたいにファッション雑誌を買ってくる。学校に行かなくなって時間をもてあまし、気付くとユキも読むようになった。漫画も小説も字を追うのが億劫《おっくう》だが、ファッション雑誌はぱらぱら捲るだけで、いろんな世界にユキを連れていってくれた。

パリの街角、イタリアの情熱的な海岸。アメリカの摩天楼《まてんろう》。スイスの高原。田舎町のボロい日本家屋で、一人畳に寝そべっていながら、何時間でも現実逃避ができる。

「じゃあ日野は、手芸部に入ったらいいいんじゃないか」

担任の提案に、ユキはぼんやり頷いた。別になんでもよかったのだ。七尾と別の部活であれば。

——それからユキの学校生活は一変した。

まず友達ができた。全員女の子だったけれど、何人も集まってわいわい服の話や映画の話をしていると、あっという間に放課後が終わった。

それから成績が上がった。家庭科だけだったが、1で埋め尽くされた成績表に初めて3が登場して、幸子が号泣した。

気付けば、給食も登校も掃除も宿題も、トイレと更衣室以外はいつも女子に囲まれていた。「オカマ」と陰口を叩かれているらしかったが、気にならなかった。何より裁縫や手芸が大好きになっていたのだ。

三年生になると、たまに廊下ですれ違う七尾と軽く話したりもした。

けれどすぐ女子たちに見つかって、やれ夏の流行色だの、バーゲンだの福袋だの話しているうちに、七尾はいなくなっていた。七尾は完全に声変わりをして、ますます背が伸びた。ユキも少しだけ声が低くなったが、身長は変わらなかった。

『新しい店でママやってって言われちゃった。ユキの行きたい専門学校、都内だし丁度よくない？　高校もそっちにしたら？』

幸子から提案された時、ユキは迷わなかった。

いつの間にか七尾のことを、〝タケちゃん〟と呼ばなくなっていた。

＊　＊　＊

サイレンは鳴りやまない。

ユキは顔を上げた。

目の前には、「立入禁止」と書かれた懐かしい看板があった。相変わらず停電は続いている。雑木林は雨風に激しく揺すられていた。その少し先に、古ぼけた神社が見える。無我夢中で走っているうちに、記憶を辿ってやってきてしまったらしい。

四年の間に、埋め立て工事は大分進んでいた。辺りをぐるっと取り巻く足場を見上げながら、打ち付ける雨に目を瞬かせた。足元がぬかるんでいる。さらに神社のほうに進むと水溜まりになり、やがて足首まで水に浸かる。境内のすぐ裏は古い堤防のままなのか、もう川の水が漏れてきているようだ。

「……ここは変わってないや」

呟いた声は、雨と風に掻き消される。久しぶりの神社は心なしか小さく見えた。ふらふら吸い寄せられるように、いつかみたいに階段に腰を下ろした。

――もうずっと、七尾のことがわからなかった。

わかっているのは、きっとこの神社でのことがなければ、今も昔みたいに、……たとえ口をきいてくれなくても、無視されてでも、せめて七尾の近くにはいられたんじゃないかということだ。

そうしたら絶対、東京になんか行かなかった。

今朝とは反対の足に、また切り傷ができている。それを庇おうとして、ハーフパンツからはみ出したストラップたちに気付く。取りだした古い携帯は、まだ奇跡的に起動していた。液晶の水を払って、ユキはメール画面を開く。

表示されたたどたどしい文章に、涙が零れた。

風が強い。雨も強い。サイレンがうるさい。どうしてこんなことになってしまったのかわからない。いくら考えても、……いや本当はずっと、考えたくないだけだ。だからわからないフリをしている。ずっと。

嗚咽を漏らしたところで、どこからか途切れそうな七尾の低い声が聞こえた。

――ユキ！

姿を確認する前に、ユキは走り出していた。階段を駆け上がり、社《やしろ》の裏へ回り込む。途中で携帯を落としたが、拾えなかった。

ばかやろう、とまた上がった声は、さっきより近付いている。足を速めた。堤防へ続く獣道を下りようとして、なにかに躓《つまず》く。

「わ、ああっ！」

悲鳴とともに獣道を転がり落ち、ごぼりと耳に水が入る。慌てて目を開けるが、痛くてなにも見えない。闇雲に振り上げた腕を掴まれた。

「ぷっ、はっ！」

水から顔を出すと、泥でぼやけた視界に七尾がいた。

そこは旧堤防と神社の狭間の沼地だった。絵日記に書いた、ユキが落ちた小川もあるはずだが見えない。しばらく不思議に思ってから、増水で、沼地と小川が一体化してしまったのだと気付く。

「いい加減にしろ、バカ！」

七尾が雨風に髪を振り乱しながら、木の幹に縋《すが》りついて、必死の形相でユキの腕を掴んでいる。腕よりも、視線が痛い。

「——……堤防……壊れ……！」

「え？」

サイレンが鳴りやまない。

　肩まで泥水に浸かりながら、ユキは鼓膜を庇って呻いた。川に落ちたあの夜から後も、何度か聞いたが、こんなに長く鳴るのは初めてだ。大根川が危険水位に達したことを知らせるためのものなので、通常は一分も続かない。なにか、いつもとは違うのかもしれない。

「……くあがれ！　……やろ……！」

　サイレンに混じって、背後の大根川が聞いたこともない音を立てていた。金属が軋むような、なにかを削って流れているような。振り向くと、ユキの背丈の二倍はある堤防から水しぶきが上がっている。そこかしこに入った亀裂《きれつ》から、水が噴き出していた。

「……くしろ！」

　軋んでいるのは、コンクリートの旧堤防の周りに張り巡らされた補強用の鉄パイプだ。所々何本か外れたのか、沼地に沈んでいる。

　風が勢いを強めた瞬間、ユキの真上にパイプが落ちてきた。

「ユキ！　……ぐっ！」

　七尾の妙な呻き声と同時に、どぼん、と音が上がった。沼に落ちた七尾のすぐ脇にパイプが沈んでいく。

「……役場がやられたな」

　泳げないユキを抱き寄せて、七尾は顔を顰《しか》める。サイレンが鳴りやんでいた。町役場の緊急発電機が壊れたらしい。……だけれどユキは、それどころじゃなかった。

「い、……いやだ！　離してよ！」

七尾はしかめつらのまま、黙ってユキを抱え沼地から上がる。二人とも、乾いた地面に足がついた。

だけれどこの心許なさはなんなのだろう。押しつけられた七尾の胸板のせいで、うまく息ができない。密着したそこから、焦りと、不安と、どうしようもない黒い気持ちが浸み出してくる。……息が、できない。

「も、もう……触らないで！　おれなんか！」

「は？　なに……」

戸惑う七尾の腕から、なんとかもがいて抜け出した。けれど走り出そうとしてすぐ、その大きな手に捕《と》らえられる。

「バカ！　さっさと逃げるぞ！」

「いやだ！　いやだいやだ！　離して！」

「ぐずるのは後だ！」

必死の抵抗も空しく、ユキは七尾にひょいと担ぎ上げられてしまう。手足をばたつかせても、まるで効かない。ユキを捕らえて離さない。……逃げられない。――もうきっと、限界なのだ。

「離してよぉ……！」

「うるさい、なんなんだお前は」

泣き出したユキに、七尾は迷惑そうに顔を歪めた。けれどすぐに無表情になって、ユキを抱えたまま獣道を駆け上がる。何度離してくれと言ってもだめだった。ずっと嫌なほうの七尾のまま、戻ってくれない。

好きじゃないのにキスしようとした。さっきだって、やめてくれと何度も言ったのに、あんなことをした。ユキの気持ちなんか、おかまいなしだ。

「……戻ってなんか、来なきゃよかった！」

叫んだユキに、七尾は酷く傷ついたような顔をした。ふと彼の足が止まる。ユキを見つめて、小さく声を上げる。七尾の声が、ユキの耳に届くことはなかった。


――次の瞬間、二人は凄まじい轟音に呑み込まれていた。


身体がふっと軽くなる。この音はどこかで聞いたことがある。十三年前の、あの事件の時だ。

あ、とユキは口を開いた途端、大量の水を飲み込んだ。息ができない。溺れているのだ。

急いで水から上がろうとしたが、上下右左、水面がどっちなのかもわからない。七尾に摑まれた腕はそのままだ。それを離して欲しかった。

「げほっ！　うっ！　はあ……っ！」

引き寄せられて、ようやくユキは水から顔を出した。

ここはどこなのか、相変わらず暗くてよくわからない。ただ、自分たちが流されているのはわかった。足がつかなかった。恐らく二人とも。振動で、七尾の足が力強く水を掻くのがわかる。抱き寄せられながら、激流に呑み込まれる。

堤防が決壊していた。

「……もう嫌……っ」

流されながら、ユキはもがいた。七尾の腕が緩んだ途端、また頭まで水に浸かる。再び引き寄せられる。

「バカったれ！　泳げないんだろうが！」

「もおいいから……！」

「動くなバカ！」

首を振って、ユキは七尾を押し退ける。けれどじたばた立ち泳ぎをするだけだ。真っ黒な川の水は、酷く冷たい。密着する七尾の身体だけが生温かく、頬に触れる七尾の首筋からは汗の匂いがした。背中に回された七尾の締まった腕に、涙が零れる。

……これ以上触れられていたら、気持ちまで溢れて、決壊して、きっともう我慢できずに言ってしまいそうだった。

この腕が自分を抱くのを、今まで何度も想像した。想像どころか、それで自分を慰《なぐさ》めた。何度も。――ほんのさっき、今朝だって。

「も……、やなんだよお……！」

こんな自分が嫌だった。こんなのは間違っている。こんなのは幼馴染でも、友達でも、――親友でもない。

昔に戻れないのは当然なのだ。

だって、ユキ自身が変わってしまっている。こんなにも。

「離して！　触るな!!」

――こんなおれに、触らないで。

叫んだ瞬間、暗闇にぼんやり、泣きそうな七尾の顔が見えた。けれどそれは一瞬で、あっという間にユキは激流に飲み込まれた。

七尾の腕はもうない。安堵する暇もなく、水を飲み込む。指摘された通り、泳げなかった。

どうしよう、と今さら焦ったが、意識は徐々に霞《かす》んでゆく。激流とは裏腹に水の中は静かだ。なにも聞こえない。七尾の声も。そうして意識を手放した。

＊　＊　＊

最後の段ボールの蓋《ふた》を閉じて、幸子がよしっと拳《こぶし》を上げた。

「やったー！　ユキ！　あたしたちすごいね！　二人でもちゃんとできちゃった！」

中学三年生の春休み、深夜三時。

ユキは幸子と、東京への引っ越しのための荷造りを終えたところだった。ユキが多少掃除や家事ができるようになったことで、どうにかスケジュールを完遂できそうだ。

「ああでも、裏口の鍵が壊れてるの、直さないとだめかなぁ？」

唸る幸子に、ユキは得意げに返した。

「それ昨日、業者に電話済みだし」

「うっそ！　ユキすごい！　超カッコイイ！」

「ふふん。だから言ったじゃん？　おれ一人でも、幸子を助けられるって！」

男らしく腕を組んでみせたユキに、なぜか幸子は少し寂しそうな顔をする。

「でも……タケちゃんに来てもらわなくてよかったの？」

「――もう高校生だよ。荷造りくらいできる」

短く言った声が、思いのほか低くて自分でも驚いた。

そっか、とだけ幸子は言って立ち上がり、襖を開けた。なにもなくなった奥の部屋に、ぽつりと一組、幸子用の布団が敷かれている。

「じゃあ、明日の引っ越しも頼りにしてるねっ。……はいっ。花の東京生活、楽しむぞーっ！」

おーっ！　とまた拳を上げる幸子に、ユキもつられて笑い、拳を上げた。

おやすみ〜と呑気な声で襖を閉める幸子は、いろいろ気付いているし、学校から沢山報告も受けただろう。それでもこの二年間、いつでも面白おかしく振る舞ってくれて感謝している。

明日引っ越すことは、七尾にメールで報告していた。いつも通り返事はこなかった。

「……これ、しまわなきゃ」

ユキは呟いて、貴重品の入ったボストンバッグに置かれた画用紙を手に取る。

拙い絵日記を眺め、一番楽しかったあの頃の思い出に集中した。そうすると、鳴らない携帯も、なにもかも段ボールに詰め込まれたこの家も、ざわつく気持ちも嫌な記憶も全部が遠ざかり、元気が湧《わ》いてくる。

大丈夫だ。東京で好きなことをする。これからは思いっきり自分らしく、好きなようにやっていい。

そう言い聞かせて、部屋の隅に追いやられた布団を敷いて寝ころぶ。電気を消した。幸子と布団を並べなくなったのはいつからだったか。そんなことをぼんやり考えていると、荷造りの疲労から眠気はすぐにやってきた。

――ユキ。

かすれた低い声が自分を呼んでいる。大きな手が、髪を撫でてくれる。

大丈夫だ。怖くない。ここにいてやる。お化けなんていない。テレビの中だけだ。一緒に寝てやるから、もう平気だ。

……そう言ってくれたのは、誰だったろう。随分小さな頃の話だ。日に焼けた太い腕が、背中を擦ってくれる。ごつごつした額をユキの頭につけて、二人の寝息が一つになるまで、ずっとずっと。ユキが安心して眠っても、朝まで一緒に。

でもこれは、夢だとユキは思った。だってそうじゃないと、いろいろと辻褄《つじつま》が合わなかった。ユキと一緒に寝てくれた七尾は、まだ小さい頃の七尾だ。こんなふうにがっしりしているのは……もしかして。

「……へんな、ゆめ……」

思わず笑ってしまった。小さくて覚えてないはずなのに。

ぼんやりしながら、背中を撫でられる感覚に、懐かしい温もりに、うっとりとして瞬いた。暗闇の中、その誰かの息遣いと、少し速い心音が聞こえる。これはどちらも聞いたことがある。よく知っている。

「そうだ、夢だ」

低い声がまた聞こえて、安心して目を閉じた。そうか、やっぱり夢なんだ。よかった。だったらどこにも行かない。思いきり甘えられる。腕を伸ばして、その誰かに抱きついた。知っている匂い。懐かしい匂い。安心する。……もう大丈夫だ。もう一人じゃない。

「お父さん……？　タケちゃん……？」

そう思ったところで意識が途絶えた。

翌朝、目覚まし時計の音で目を開けてからしばらく、ユキは天井を見つめていた。どたどたと足音が聞こえ、すぱんっと襖が開く。赤い顔をした幸子が、鳴り続ける目覚ましを鷲摑みで止める。

「ユキ！　引っ越し手伝ってくれるって言ったじゃないっ！　いつまで寝てるのよっ！」

「え？　あ？　なんか、変な夢が」

「夢なんかいいから早くしてよぉ！　もぉ～！」

急かされて起き上がりながら、ユキはまだ夢から抜け出せずにいた。

「幸子、うちに誰か来た？」

「いっぱい来てます！　引っ越し業者さんが！　って、これまだ片付いてないじゃない！」

「いや、違くて夜……」

ユキの話が聞こえていない幸子は、ボストンバッグに出しっぱなしの絵日記を仕舞い込む。

「あれ？」

ファスナーが閉められる直前、画用紙が妙に小さいことに気付いて、ユキは首を傾げた。けれど、ふわああ、とあくびが零れ、沢山の疑問はすぐに眠気に埋もれてしまう。……だめだ、眠い。もう少しだけ……。

＊　＊　＊

――ユキ！　何度寝すれば気が済むんだ！

毎朝言われた台詞が聞こえた気がして、ユキは目を開けた。

まず、顔を覗き込んでいた自衛隊員と目が合って、「わっ！」と驚く。

「ここは宿営用テント。君は救助されたんだよ」

いきなり言われても状況が理解できない。そわそわテント内を見渡して、隊員と自分しかいないそこから慌てて這い出した。テントはかなり大きな物だったが、うまく身体に力が入らなかったのだ。

「う、わ……！」

そこは赤い橋梁の近くの空き地だった。以前は確か、パチンコ屋があった所だ。辺りにはものものしいジープが数台停まり、迷彩服を着た男たちが歩き回っている。

「大丈夫？　今から病院に運ぼうと思ったんだけど」

外の男たちと同じ制服を着た隊員は、ユキのそばに立ち、日差しに目を細めた。青空が広がっている。その下にあるのは、変わり果てたあかね町の姿だった。

アスファルトの上にはガラスやトタンどころか、自転車まで転がっている。どこかの家の木戸が丸々落ちていた。よくわからないゴミ袋、なにかの破片、切れ端。あらゆる物が道路を覆い尽くし、それを消防団員たちの長靴が踏んでゆく。

なんだこりゃあ！　なんて、冗談を言えるレベルではなかった。あかね町の半分以上は、堤防決壊による洪水で、倒壊してしまっていた。

「夕べのこと、覚えてるかな？」

隊員に静かに聞かれて、ユキは無言で頷いた。

激流に呑まれて失神し、気付くと逞しい腕に抱きかかえられていた。暗くて朧気《おぼろげ》だったが、救助にやって来た隊員だと思う。もう大丈夫だ、と声をかけられて、安心して、そのまま寝てしまった。外はもうすっかり日が昇っている。随分寝ていたらしい。

「あっちのほうに、僕たちの駐屯地《ちゅうとんち》があってね。川が溢れるって聞いて、皆で来たんだ」

隊員は橋梁の遠く向こうを指した。隣町で訓練していた彼らは、正式な要請の出る前に、長すぎるサイレンを不審に思ってあかね町に駆けつけてくれたらしい。消防団員と協力して救助にあたり、町に残っていた住民の安否を確認したという。

「……みんな、無事なの？」

外と隊員を交互に見比べて、ユキはようやく、それだけ言うことができた。

隊員は笑顔で頷き、「ここの消防団はすごいね」と返す。危険区域の事前の避難、そしてサイレンの後も残った住民を迅速《じんそく》に誘導し、なんとか大惨事は免《まぬが》れた。運んだ怪我人は多いが、命に関わるようなものはないという。ユキも膝にガーゼが増えただけだった。

しどろもどろお礼を言って、なにかの書類を書かされて、テントを離れ、呆然としながら歩いた。まだ湿っている道路のずっと向こうに、町内で一番土地が低い危険区域が見える。通っていたゲームセンターや民家は、原形を留《とど》めていなかった。荒廃した景色には、まるで現実味がない。映画かなにかを見ているようだ。

けれど生温い風は、泥で重いTシャツを抜けて汗を冷やし、貰《もら》ったスニーカーで踏みしめた地面からは、みしみしとなにかが軋む音が上がる。これは今ここで起きていることで、ユキは紛《まぎ》れもなくここにいるのだと、嫌でも自覚させられる。

「ユキちゃん！　目ぇ覚めたのかい！」

野太い声に、顔を上げた。いつの間にか俯いていていたのだ。瓦礫《がれき》の上に腰を下ろした中年の男が腕を振っている。消防団の一人だ。障害物を飛び越えながら、こちらに走ってくる。

「びっくりしたろ！　無事でよかったよ。腹減っただろ！　まずは食って元気出せ。そしたら、まあ、きっとなんとかなるさ」

あっちでな、炊き出しやってるから、と中年の男が指をさした方向に、細い煙が上がっている。

商店街の見たことのある面々が、火と大きな鍋を囲んで話し込んでいた。傍らには野菜や果物など、商店街で無事だったと思われる食べ物が無造作に積まれている。中には笑っている人もいる。けれどみんな一様に泥まみれで、ほとんどの人が軽い怪我を負っていた。

「あ……」

うまく返事ができなかった。今までもあかね町は何度も浸水してきた。けれどこんなになにもかも壊れたりしなかった。思い出の詰まった町が、七尾と過ごした町の半分が、たった一晩でなくなってしまった。ユキの大切な大切な思い出の半分が、壊れてしまった。

「な、七尾は？」

そうだ。七尾。七尾はどうしたのだろう。

ようやくユキは我に返って、不安に襲われた。七尾はどこだ。テントの辺りにはいなかった。最後に見たのは、川の水に流された時だ。――ユキが、手を振り払ったから。

「腕折ったんでね、隣町の病院だよ」

男が言い終わる前に、ユキは地面を蹴っていた。けれど後ろからTシャツを掴まれ、バランスを崩しそうになる。

「これ携帯！　ユキちゃんのだろ」

薄汚れたストラップたちを握らされる。確かに、昨夜神社に落としたものだった。落とした際に社の奥に入り込み、水から逃れたらしい。旧堤防の修復作業中、誰か拾い、派手なストラップから、すぐに持ち主がわかったという。五メートルにわたって決壊した旧堤防は現在、なんとか「応急処置」で塞がれている。新堤防はまだ完成していない。町としてはこれからの対策を、すぐにでも立てないといけない。

「……って、あ、ちょっと待って、持っていってほしいものが！」

男の説明の途中で、ユキは走り出した。今は堤防よりも、七尾の顔を見て、安心したかった。そうしないと、目の前の現実に押し潰されてしまいそうだった。


病院の廊下は人で溢れていた。

目的の病室はどこにあるのか、もう三十分も院内を彷徨《さまよ》っている。仕方なく、三度目になるがナースステーションに寄った。

「ほら、そこの向かいですよ」

入った大部屋は満室だった。隣町にあるこの病院には、すでに先週から、近隣の住民が大勢運び込まれていたらしい。他の町の人々も洪水こそなかったが、台風で相当な被害にあっている。ロータリーでは救急車が渋滞を起こしていたし、テレビカメラも来ていた。『死者は出ませんでした。地元消防団の迅速な避難活動の成果です』とアナウンサーが言っていた。

七尾は一番奥の、窓際のベッドにいた。

「あの……」

ユキの細い声に、隣のベッドに寝ていた老人が起き上がる。

「うわ、ユキちゃん。大丈夫かい」

昨日七尾に助けられていた、鈴木のおじいさんだ。驚いたような顔にガーゼが当てられている。転んだ時に怪我してしまったらしい。ユキは頷いて、ぎゅっと両手を握った。がさごそと、消防団の男に渡されたビニール袋を鳴らしながら、七尾のベッドに歩み寄る。

「な、七尾……」

半分起こされたベッドの上で、七尾はユキを見ていた。黙ったまま、歓迎もせず怒りもしない。

「た、助けてくれてありがとう！　……でも、それなのに、おれ……っ」

ユキは言葉に詰まった。投げ出された足は片方、病衣が捲り上げられ、腿の大きなガーゼに血が滲んでいた。そこかしこに絆創膏やガーゼが当てられている。一番大きな怪我は、ギプスのつけられた左腕。首から三角巾で固定されている。

落ちてくる鉄パイプからユキを庇った際に、折れたのだ。

そうとは知らないユキが暴れたせいもあってか、全治一か月の重傷。病院に来る途中、町を歩いていた他の消防団員が教えてくれた。団員の中で、病院に運ばれるほどの怪我を負ったのは七尾だけだ。

「ごめんなさい！　……おれがバカなせいで……っ、ここに来るのも、ほんとはもっと早く着くはずだったのに、何度も道間違えるしっ」

ユキは頭を下げた。申し訳なくて、もうこれ以上、彼の顔が見られなかった。

「そ、それでっ、消防団の人に、お見舞い持ってくように言われて、あっ！」

しどろもどろするうちに、ベッドにビニール袋の中身、無事だったフルーツをぶちまけた。メロンやりんごを拾いながら、ユキは七尾を盗み見る。七尾は窓の外を見つめたまま、どこまでも無表情、無言だ。……怒っている。それはそうだろう。

「大丈夫？　……って大丈夫じゃないから入院なんだよねっ。おっ、おれなにかするよ！　なんか、なんか手伝う！　なんでも言って！」

おろおろ提案してみたが、なにをすればいいのかわからない。ここは病院で、看護師も医者もいる。七尾は安全だ。今さらなにもしようがない。でもなにかしないことには、自分を許せそうになかった。

「お前のほうが大丈夫じゃない」

「えっ」

七尾の声に驚いて顔を上げる。少し戸惑うような彼の表情と、隣で頷く鈴木のおじいさん。七尾は間を置いてから、微妙な顔で続けた。

「だからお前、……なんていうか、全体的に汚いし臭いんだよ」

「ええっ！　……あっ！」

言われて、ユキはようやく窓ガラスに映る自分の姿に目がいく。金髪も流行りのTシャツも、そこから出ている腕や顔も、泥だらけでぐちゃぐちゃだった。

「川の水に流されたままだろう。この辺にも簡易シャワーあるから、入ってきなさい」

鈴木のおじいさんが、笑いながら病院の外を指さす。

「で、でもおれ、七尾になにかしないと！」

「それなら、タケくん、着替えとかいるんじゃないの」

「別に、院内着借りれま……」

「わかった！　着替え！　おれ着替え持ってくる！」

七尾の台詞を聞かなかったことにして、ユキは病室を飛び出した。廊下を駆け抜けて、エレベーターに飛び乗る。

病院の一階、人で溢れたロビーを抜け、外に出た。蝉《せみ》の声がうるさい。Tシャツとハーフパンツから伸びた泥だらけの手足を、じりじり紫外線が焼いてゆく。日差しに目を細めながら、救急車と報道陣をかき分ける。さっき来た道だ。今度は間違えないはずだ。

反省しながら歩き、流れてゆく景色を見つめた。台風で飛ばされた様々な物が、無造作に道の端に寄せられている。

道端で座り込み、ラジオを囲む男たちの横を通り過ぎた。

「都内も大変らしいですよ。地下鉄が軒並み浸水したって、ホラ」

東京は交通機関が完全に麻痺《まひ》して、大混乱に陥《おちい》っているらしい。日本にここまで大型の台風が上陸したのは六十年ぶりだと、堅い口調のアナウンサーが説明している。この数日で被害は全国に及び、あかね町よりずっと酷い所も沢山あるらしい。

「今年だけで一体何回目ですかねえ。去年は大雪だったでしょう。その前は水不足で。日本はどんどん熱帯化してるんですって。地球温暖化ってやつですかねえ」

男たちの話は難しく、ユキの頭には入りきらないうちに聞こえなくなる。

赤い橋梁が見えて、早足が小走りになった。しばらくそのまま進むと汗が噴き出してくる。額を拭いつつ、息を切らして橋梁を渡りきった。

向かい端には、直立不動の自衛隊員がユキを見下ろしている。今朝会っているので軽く手を上げると、頷いてあかね町に通される。ユキの風貌《ふうぼう》は覚えやすいのだろう。

あまり景色を視界に入れたくなくて、できるだけ俯いて足を進めた。金髪を揺らしながら、まだ水の残る道を足早に進むと、傾いた商店街のアーチに辿り着いた。

地面から水は引いたようだが、アスファルトを踏むスニーカーがぐちゃぐちゃと嫌な音を立てる。商店街はまだ原形を留めているほうだ。それでも何軒かは崩れ、立入制限されていた。

「危ないですからそこ、下がって！」

「ここはだめです、立入禁止！」

きびきびした声を上げて、自衛隊と消防団員はてきぱきと倒壊した町内を整備している。怪我のなかったらしい商店街の人たちが、心配そうに作業を見守っていた。

「あれ、ユキちゃん、まだいたんだ！」

明るい声に顔を向けると、布団屋の奥さんが片手を上げていた。薄汚れた割烹着《かっぽうぎ》はユキと同様、夕べからずっとそのままなのだろう。

「タケくん大丈夫だった？」

「うん。……おれもうすぐ、帰るよ」

もうとっくに潮時だろう。

苦笑して、ユキは無事七尾酒店に入る。鍵は玄関横のポストの中。昔から変わっていない。七尾がきれいに片付けていたおかげで、床は濡れているがそう荒れていなかった。

奥の居間を通って、階段を上がる。色褪せた襖を開けると、懐かしい匂いが鼻をかすめた。

「……あはっ」

思わず笑い声を零して、久しぶりに七尾の部屋に入る。いろんなことが起こる前は、しょっちゅうここに入り浸っていたのだ。

四畳半の片隅に置かれた学習机。七尾は椅子に、ユキは畳に寝そべって、何時間でも話した。日が暮れてくると、『ご飯だよー』と滋子の声がして、いつも七尾はユキのおかずをかすめ盗り、テレビを見て、風呂をもらって、一緒の布団で寝る。時々七尾が怖い話をして、トイレに行けなくなるユキをからかう。

思い出はどれもすっかり色褪せて、所々うまく映像が浮かんでこなかった。もう、ずっと昔の話だ。……何よりも、窓の外の変わり果てた風景が、回想を許さない。

溜息を吐いて、部屋を見回した。昔置いてあった箪笥《たんす》がない。押し入れを開けて衣装ケースを見つける。

その辺にあった鞄に着替えを詰め込み、一息ついたところで、泥のついた自分の腕が目に入り、思い出した。シャワーを浴《あ》びてから戻らなければ。

でも、着替えがない。このままの服では戻れない。

「……うう、また臭いって言われる……」

七尾の微妙な顔を思い出す。困って視線をずらしたところで、隅に追いやられたスポーツバッグが目に入った。ジッパーを開けて、やった、と笑う。中には、小学校の部活で七尾が着ていた練習着やユニフォームが詰まっている。

「ちっちゃーい！」

が、ユキには今でも丁度いいサイズだ。

それでも昔は同じサイズの服を着ていたのだなと思うと、胸の奥が暖かくなって、ユニフォームをぎゅっと握りしめる。これを借りよう。いつも楽しくて、いつも七尾が一緒だった思い出に、力を貸してもらえる気がする。

よしっ！　と立ち上がると、鴨居《かもい》に飾られた見慣れない写真に気付いた。近寄って見上げてみると、懐かしいユニフォームを着た少年たちが、並んでポーズを取っている。中学のサッカー部の連中だ。

はしゃいだ部員たちの中で一人、七尾だけが妙に硬い笑みを浮かべている。その隣は、高校サッカーの大会だろうか。こちらの七尾は優勝カップを担ぎ、自信に溢れた顔つきで、拳を突き出している。どちらの集合写真も真ん中にいるので、高校でもキャプテンだったようだ。自分の知らない七尾の思い出から、つい目を逸らした。

並べられたＣＤとアーミー雑誌、車のホイール。部屋の端々に、「今の七尾」の痕跡《こんせき》が見つかってゆく。

寂しさがこみ上げる。変わってしまったのはきっと、七尾もだ。

練習着を脇に挟み、鞄を持って部屋を出ようとした。この部屋に、自分の居場所はもうないのだと思った。

……その時ふと、学習机の上の古い携帯に目が留まる。充電器に挿《さ》さってはいるが、昨日まで使っていたものと違う。確か中学の時に、使っていたやつだ。

出来心だった。『何人もの女の子と寝た』というのが本当なのか、確かめてやりたくなったのもある。

でも本当は、ほんの少しでもいいから、自分の知らない七尾の時間に触れたかった。ユキの中には今はもう、わずかな感触しか残っていない、彼との時間の代わりに。……たとえそれが、間違った方法でも。

「げえ、マジじゃん！」

アドレス帳を開いた途端、ユキはがくりと項垂れた。

画面いっぱいに女の子の名前が並んでいる。一気に罪悪感が薄れ、むかむかとスクロールを続けると、「バイト店長」「高校」などの番号が出てくる。どうやら結構最近まで、七尾はこの携帯を使っていたらしい。それにしたって、すごい数の女の子だ。一体この中の何人と、そういう関係になったのか。

苛立ちがこみ上げ、それが醜《みにく》い嫉妬《しっと》だと認めたくなくて、やりすぎだとわかっていたが、勢いでメールボタンも押してしまった。だけれど画面をスクロールする指が、ふいに止まる。ユキは画面を凝視し、固まった。

液晶画面の中にあるのは、なんてことのないメールフォルダだ。その内訳は、友達（3）、バイト（0）、家（0）、部活（0）、——ユキ（297）。

201x/02/10　19:08　Re:(no subject)
タケちゃんちいく！　コロッケ！
201x/02/10　02:58　Re:(no subject)
パンツいっちょ幸子。ねてるよ笑。
201x/02/09　23:59　Re:(no subject)
あしたしくだい。わかんない。

当時のユキが打った他愛のない、くだらないメールが二百九十七通。すべてに保護がかけられた状態で保存されていた。

——変な汗が出た。見てはいけないものを見てしまった気がした。

「あっ！」

慌てて携帯を元に戻そうとして、けれど汗で指が滑り、画面は未送信フォルダに切り替わってしまう。

201x/03/21 05:05 Re:(no subject)

あんなことしてごめん、でもオレ、ユキが好——

ユキは携帯を取り落としそうになった。足がふらついて、がん、と学習机の椅子に腰を打ち付ける。呻いて畳にしゃがみ込んだ。

状況がよくわからない。

心臓の音がばくばくしてうるさい。蝉の声も聞こえないくらいに。汗ばんだ額を無意味に何度も拭って、湿った手で自分の携帯を取りだした。

「い、み、……わかんない……」

こんなのは嘘だと思った。根拠はない。だって、書きかけになっているメールの作成日時は、キスされかけたあの日の深夜だ。でも嘘だ。嘘じゃなきゃ、意味がわからなかった。

——……だって。

201x/03/21 03:06 Re:(no subject)

タケちゃんが好きです――

震える指でボタンを押し開いたのは、七尾と同じ夜に、ユキが送れなかったメールだ。作ってしまったらもう消すこともできなくて、四年間未送信フォルダに入れたままだった。このメールを残すためだけに、ずっと機種変更できず、塗装が剝げても使い続け、オンボロだと七尾にもバカにされた。

だってこの携帯を手放してしまったら、すべてが過去になってしまう気がした。わずかな感触しかもう残っていない、楽しかった頃の思い出まで、跡形もなく消えてしまう気がした。とっくに手遅れでも。

……だから、こんなのは意味がわからない。

呆然としていると、視界をはらりと白いものが横切った。学習机から七尾の手帳らしきものが覗いている。さっき机にぶつかった衝撃でブックスタンドから落ちたらしい。

ふいに携帯が鳴る。

『あっ繋がったほら！　……もしもし、ユキちゃん！』

「……あ、おばちゃん」

滋子からだった。ディスプレイを確認して、ユキは携帯を持ち替えた。

「どうし……」

『幸子に電話して！　あの子泣いちゃって！　ああなんだ、よかったあ！』

「あっ！」

言われてユキは思い出した。幸子の番号は未だに着信拒否したままだ。何度か知らない番号から不在着信が入っている。ホテルからかけていたのかもしれない。

『いや電話でさ、ユキちゃんが意識なくて、タケがテントに担ぎ込んだって聞いたもんだから！』

「……え？」

『もうあたしゃてっきり、ユキちゃんが危篤《きとく》とかなのかと思って！　……とにかくすぐ幸子に電話！　よろしくね！』

一方的に滋子はまくし立てて、ぷつりと通話は切れた。滋子に言われたことが、すぐには理解できなかった。七尾の手を離した後、彼がどうなったのかユキは知らない。

——でも、七尾が腕を折ったのは、ユキが溺れる前だ。じゃあ、あの、朧気な意識のユキを抱きかかえていた腕の主は——……。

動揺して、畳に視線を泳がせ、ユキはさらに目を見開いた。

たけちゃんはぼくをたすけてすごいです。たけちゃんはぼくのゆう者です。ゆう者はかっこいいです！

の
です。
者は
こいい
です

そこに落ちていたのは、あの破れた絵日記の終盤部分だった。どうして七尾がこれを持っているのか。汚いクレヨンの字を見つめているうちに、色褪せた記憶が蘇り、一つ、一つと繋がってゆく。

――引っ越しの朝、妙に小さく見えたボストンバッグの中の絵日記。

――裏口の壊れた鍵。

――深夜の、……変な夢。

「夢じゃ……なか……」

町を出る最後の夜、ユキはどこかで期待していた。もう自分がいなくなるのなら、七尾に迷惑はかからないはずだ。だったら、……もしかしたら、七尾はメールを返してくれるんじゃないか。結果として、期待は裏切られた。いくら待っても七尾は返事をくれなかった。

なぜなら七尾自身が、ユキに会いに来てくれていたからだ。いつかみたいに一緒に眠ってくれていたからだ。どうしてか夢だとユキに信じ込ませ、なぜかこの絵日記を破って、なにも言わず、裏口から出て行ってしまったからだ。

絵日記と携帯を握りしめて、ユキは部屋を転がり出る。階段を駆け下りて、途中で足がもつれた。廊下で尻餅をつき、スチール棚に足をとられて躓きながら、七尾酒店を出る。

六歳の事件の時、七尾が自分のせいで叱られて、ユキは酷く悔しかったのだ。確かにユキは悪かった。でも七尾は悪くなくて、むしろ彼はヒーローで、誰でもいいからそれをわかって欲しくて、夢中になってクレヨンを握った。七尾を自慢したかった。自分の気持ちを七尾に伝えたかった。それがなんなのか、当時はまだよくわからないままに。

「わけわかんないよぉ……っ！」

嗚咽を零しながら、商店街を走り抜けた。溢れる涙で視界がぐじゃぐじゃだ。けれど本当は全部わかっている。

――七尾が好きだった。

もうずっと、いつからかわからないくらい、昔から。

幼馴染でも友達でも親友でもない。親友なんかじゃ、全然足りないくらいに。

……七尾はいつから？　――今でも？

頭の整理がつかない。整理は苦手だ。七尾は得意だ。彼に会いたい。一秒でも早く。

何度も躓き転びながら、病院に向かって走った。

「な、ななな七尾っ！」

ばんっ、と力いっぱい病室のドアを開け、勢い余ってつんのめり、リノリウムの床にユキはダイブした。病室の患者らの視線を一斉に浴びつつ、閉まっている七尾のベッドのカーテンの裂け目に飛び込む。

「えっ、お前それどっから！」

いかにも子供向けの、蛍光色のサッカーユニフォームを着たユキに、七尾は目を丸くして身体を起こした。怪我に響いたのか、遅れて「いて！」と小さく漏らす。

「シャワーは浴びれたんだけど、なんか、道がっ。三回目になると、忘れちゃうみたいでっ」

「落ち着けって、これ飲め」

床頭台《しょうとうだい》に置かれたペットボトルを差し出される。咽せ込みながら、ユキはそれを一気に呷る。気管に入って、余計げほげほ咳をすることになった。

涙ぐんだ瞼を擦る。変に熱かった。ここに来るまでの間、泣きすぎたせいだ。蹲って咳を庇っていると、しばらくして七尾がぽつりと言った。

「……ところでお前、着替えは？」

「――しまったあああ！」

そこで初めて手ぶらなことに気付いて、慌ててユキは立ち上がった。自分の着替えは手に持ったのに、七尾のが入った鞄を家に置いてきてしまった。七尾は苦笑する。

「まあ、こぎれいになったから、よし」

「ううう、だって……」

頭を抱えて振り向いたユキに、七尾は顔を強張らせる。

「……顔、どうした」

泣き腫《は》らした瞼に気付かれた。言いわけが浮かばず、ユキは怯む。七尾は眉を寄せて、ユキを覗き込んでくる。急に恥ずかしさがこみ上げ、思わず下を向く。

「べ、べべべつに……」

視線から逃れて俯いていると、廊下から看護士の走り回る足音がした。他のベッドから、雑音交じりのラジオとテレビの音が漏れてくる。七尾が気を使った声を出す。

「お前、具合悪いんじゃないか」

「そん、なことない……」

「ちょっと診《み》てもらえ」

「ち、違うしっ、いらないしっ！」

ナースコールのボタンに伸びた手を焦って止めた。すると七尾は困ったような顔になって頭を掻き、「じゃあ座れ、ひとまず」とベッドを指す。

「飯食ったか？　食ってないな。林檎剝くか」

七尾はベッドサイドから林檎を取りだした。さっきユキが届けた、消防団のお見舞いの品だ。

床頭台からナイフを出して、ギプスをつけた左腕で器用に押さえながら、するする皮を剝いてゆく。ユキは手持ちぶさたでもじもじしつつ、ベッドの端に腰を下ろした。ベッドを覆うカーテンの裂け目から、青空の広がる窓が覗いている。夏の日が差し込んで、カーテンが透ける。外は大変なことになっているのに、バカみたいにいい天気だ。

切り取られた青空を見上げてふいに、小学校の夏休みの光景が蘇る。

学校のプール。幸子が選んだサクランボ柄の水着で登場したユキを見て、同級生たちはどっと笑った。『ヒノユキ姫!』『ていうか違反じゃんそれ!』『ちょっと脱げよ！　ついてるか見ようぜ!』その声を皮切りにして、一斉に引っ張られ、下ろしたての水着は破れてしまった。恥ずかしさよりも水着がだめになったのが悲しくて、ユキはえんえん泣いた。するとどこからか七尾が飛びかかってきて、誰かの頰を殴り、プールサイドで大乱闘になった。

先生に怒られた挙句、帰り道で逆襲されて二人とも泥だらけになった。『お前がそんな水着で来るからだ!』と七尾は怒鳴りながら、膝を擦りむいたユキを庇い、二人分のランドセルを抱えていた。自分は顔に絆創膏を貼って、肘に包帯を巻いているのに。

「オレンジは相変わらず食えないのか。酸っぱくて」

低い声に、現実に引き戻される。

　七尾が爪楊枝《つまようじ》のついた林檎を差し出していた。受け取ってユキが頷くと、「じゃあメロンにするか」、とまた籠に手を伸ばす。

　蝉の声。生温い風に、ひらひら揺れるカーテン。

　それをぼんやり見つめながら、ユキは林檎をぱくついた。指摘された通り、起きてからなにも食べていなくて腹ぺこだったのだ。

　あっという間に一切れ食べ終えると、また一切れ差し出される。反射的に受け取って、平らげる。また一つ、二つ、三つ、四つ。

「メロン切れたぞ」

「もぁい」

　林檎を口に入れたまま手を伸ばして、ユキは気付いた。七尾の手にはもう林檎がない。全部ユキが食べてしまったのだ。

　メロンに口をつけると、七尾は口の端を上げて、穏やかにユキを見つめる。一切れ食べ終えれば次を差し出す。そうしながら今度は、巨峰の皮を剝き出す。

　七尾の見舞いのフルーツなのに、一口も食べないで、そんなことばかりしている。

「おい、なんだよ、どうした」

　巨峰を放り投げて、身体を起こす七尾の顔が見えない。

　ユキは泣いていた。メロンを食べながら鼻を啜ると、「どっか痛いのか」と心配そうな声がする。それにもう、涙が止まらなかった。

「七……っ、いっつも……っ」

「爪楊枝飲み込んだりしてないか、いや、お前ならあり得るか」

「違うしバカあ！」

そうやって毒舌なふりをして、冷たいふりをして、七尾はいつだってずっと優しい。

ユキがいなければ、十三年前だって剛に殴られずに済んだはずだ。今日だって、こんな怪我なんかしなかった。中学の時だって、きっと、——ユキがいなければ。

「ティッシュ使え、ほら」

「いらないぃぃ……っ」

嗚咽を零して、ユキは顔を覆う。

東京に引っ越してしばらく経った頃、滋子から電話がきたことがある。『なんか、ユキちゃんにも迷惑かけちゃったみたいで、悪かったねえ』と謝られ、ユキは首を傾げた。

『タケ、中学でいろいろあったんでしょ。なんも話さないもんだから、最近知ったんだよ、まったく』

確か、「ああ」とか「うん」とか、そんな適当な返事をして電話を切った覚えがある。

その頃のユキは、初めての都会暮らしと高校生活に慣れるのに精一杯だった。七尾にもなにかあったのかな、とぼんやり思ったが、それだけだった。

ユキのせいで、七尾もイジメられていたのかもしれない、と気付いたのは、その後随分経ってからだ。

以降、日常的にメールを送ることができなくなった。

返信なんか、ハナからどうでもよかったのだ。けれど気付いてしまったらもう、なにを書いていいのか、そもそもメールを送っていいのかすら、わからなくなってしまった。

七尾には二度と会えないと思った。合わせる顔がないと思った。なにかよっぽどの理由でもない限り、会いになんて行ってはいけないのだと思った。

――せめて少しでも、気付いていたら。

「怒ってるのか。……おれがあんなことしたから」

細く上がった七尾の声に、ユキは無言で首を振った。

――今まで少しでも、七尾の気持ちに気付けていたら、きっとすぐさま会いに行った。

東京の生活なんか、高校もなにもかもほったらかして、あかね町に飛んで帰った。

こんなにも、時間を無駄にしなかった。

「……おれが怖いのか」

「ちが、う……！」

七尾が怒っていたって、本当は怖くなんかない。怖いのは、嫌われたらどうしようと思うからだ。少しでも七尾と喋りたくて、一緒にいたいからだ。

「じゃあなんだ。……おれといるのが嫌なのか」

「そんなわけないじゃんバカ！」

ユキは目を見開いて、思わず七尾の院内着を掴み上げていた。七尾は一瞬身体を強張らせたが、それだけだった。ユキの手を払いのけるかと思った腕は、力なくベッドに投げ出されている。

「なんで……、そんな顔してんだよぉ……」

「そういう顔なんだろ、元々」

諦めたような、弱々しい低い声。日に焼けた顔は、よく見れば少しやつれている。ユキを見上げて、七尾は目を細める。今にも泣き出しそうな顔だった。

「泣きたいのはこっちだ……」

「お前もう泣いてるぞ」

「うるさいバカ！　バカバカ七尾なんて大バカだ……っ！」

叫んで、ぼろぼろ零れた涙が七尾の顔に落ちてゆく。人の気も知らないで、軽口ばっかり叩いて。だけれどそんな七尾より、ユキのほうがずっとバカだ。元々バカなのはわかっていたが、本当に救いようのない大バカだ。神社でのあのやり取りは、七尾の告白だったのだ。

——あの時、七尾とキスしていたら。

──あの時、勇気を出してメールを送信していたら。

──あの時、目を覚ましていたら。

「こんな……っ、うう……っ！」

「お前ホントどうした、……もしかして吐くのか」

「もう黙ってよ！」

咄嗟にユキは七尾の唇を塞いでいた。自分の唇で。

なにをしているんだろうと狼狽《うろた》えたが、今さら遅い。考える前に身体が動いてしまったのだから、仕方ない。

けれど見開かれた七尾の目に見つめられ、一気に耳まで熱くなる。押しつけてしまったものの、これをどうすればいいのか。どうしよう。そこまで考えられるなら、最初からこんなことをしていない。どうしたらいいんだ。

自分から招《まね》いた事態なのに固まっていると、ふいに七尾は片腕を伸ばした。ユキの背中に回して、遠慮がちに抱き寄せる。優しく、優しく。その感触に、……興奮した。

「……ふ……」

吐息を零して、七尾の唇を舐める。甘酸っぱい。林檎かメロンの味だ。……そういえば、あんなことをされたのに、七尾とキスをするのはこれが初めてだ。何度も何度も想像したけれど、想像よりずっと柔らかい。柔らかくて、熱い。

遠慮がちに、舌を差し入れてみた。想像はいつもそこで終わってしまうから、その後どうなるのか知りたかった。

「わっ、……んっ！」

優しく背中を撫でていた七尾の腕にぐっと引き寄せられた。ユキの唇ごと食べてしまいそうな勢いで、噛みつくようにされる。少しの痛みは甘い痺《しび》れとなって、ユキの身体に広がる。

「んぅ……っ」

噛みつかれた箇所をなぞる舌が熱い。吐息を零すと、熱いそれがゆっくりと口内に侵入してくる。ユキの反応を見ながら、じっくりと、一番いい場所を探り当てるように。

「あ……ん……」

「バカ。聞こえる」

小声で言う七尾に鼻をこすりつけられて、ユキはぼんやり目を開いた。いつの間にか閉じていたらしい。薄く開いた七尾の目を見ると、なにか言われたことも忘れて、強い欲情が沸き上がる。——まだ足りない。熱に浮かされたように、また自分から唇を近付けると、七尾は薄く笑った。

「おい聞け。次声出したらやめだ。わかったか？」

ユキは何度も頷いた。やめたくない。

再び唇が重なった。待ちわびていた喜びに身体が震える。七尾が、七尾からキスしてくれている。照れ臭さがこみ上げてきて、なんだかいたたまれなくなって、力が抜けてゆく。

「…………っ」

歯列をなぞられて、声が零れそうになるのを堪える。唇を重ねたまま、ユキは七尾にもたれかかった。腕に響いたのか、七尾が低く呻く。だけれどもう力が入らない。抱きかかえられるようにして、口内を貪《むさぼ》られる。意識がぼんやりして、頭が芯《しん》から溶けてゆく。押し殺した吐息は、徐々に嬌声《きょうせい》に変わる。

「は、あぁ……あ……っ！」

「終わりだ、バカ」

浅い息を吐くユキを引きはがし、七尾は周囲を見た。カーテンの向こうから、鈴木のおじいさんの寝息が聞こえる。廊下を看護師が歩く音。院内放送。

ユキはぼんやりした頭でそれを聞きながら、ようやくここが病院だったことを思い出す。こんな人前でキスしてしまった。しかもあんなに長く。——七尾と。

自覚して顔が熱くなってくる。……顔だけでなく、身体も熱くなる。

七尾は困ったような顔で、ユキを見下ろしていた。なにか言おうと思ったが、舌がうまく動かない。頭が蕩《とろ》けてしまったせいか、身体も動かない。

「……なんなんだ、お前は」

「なに……って……、……うん」

火照った身体をもてあましながら、ユキは七尾の肩に顔を埋めた。ぴくりと七尾が小さく動く。

「えっと、……だから、そうだ。お返し」

「……お返し？」

思いついた軽口をそのまま口にする。七尾は戸惑いながら、ユキの背中を撫でてくれる。気持ちいい。もっと撫でて欲しい。……触って欲しい。

「昨日の仕返しだよ」

ユキは甘えて、七尾の首に腕を回した。「……そうか、仕返しか」と七尾は呟き、その手が止まる。つかの間の沈黙。ユキはまだキスの余韻でぼやけていた。

そうして七尾に抱きついていると、ゆっくり頭が動き出して、いろいろと説明しなければならないことに気付いた。

そうだった。後回しにするのはユキの悪い癖だ。

「あ、えっと……、あのね」

重たい身体を起こして、ユキはぼんやり七尾を見る。七尾は目を逸らして、俯いてしまう。顔を覗き込もうとすると、背中に回っていた腕が動いて、緩く身体を離される。なんだか、拒《こば》まれているような感じがした。慌てて、ユキは七尾の腕を掴む。

「メ、メール見た！」

焦りながら言うと、七尾は一瞬ちらりとユキを見て、黙ったまま首を傾げた。しまった、それだけじゃ伝わらないか。気付いて、ポケットからそれを取りだして、ユキは困った顔で七尾を見る。

「これ。古い携帯見……」

次の瞬間、ユキはベッドの端に倒れ込んでいた。

と同時に、がしゃん、とベッドの下でなにかが砕《くだ》ける音がした。

音を視線で追うと、七尾の携帯の液晶が割れて、リノリウムの床に散らばっていた。ユキの腕ごと奪うようにして、七尾は携帯を投げつけたのだ。

勢いで自分の身体が投げ出されたことはわかった。だけれどなぜ七尾がそんな行動に出たのかはわからない。こんなふうに、凍り付くような視線を落とされる理由が、わからない。

「え……？」

呆然としながらユキは身体を起こした。七尾の視線が刺さる。どうしてだろう。わからない。

「……出てけ」

七尾が低い声を漏らすのと同時に、がらがらとワゴンの音が近付いてくる。「どうしました？」とカーテンの隙間から看護師が顔を出した。ベッドに腰掛けたまま、動けないユキを見た彼女は、首を傾げる。

「七尾さん、お薬の時間ですけ……、きゃっ！」

「お前の顔なんか見たくない、出てけ!!」

傍らにあったコップを床に投げつけて、七尾は怒鳴った。振り上げた腕はわずかに震えていた。震えた手で顔を覆って、それきり動かなくなる。

「ちょっと、一体、どうされたんですか」

おろおろしながら、看護師は床に落ちたコップを拾う。騒ぎに気付いた他の患者が、ベッドの周りに集まり始めていた。七尾は顔を覆ったまま、一言も口をきかなかった。

看護師に促され、ふらふらとユキは病院を出た。

ロータリーは相変わらず患者と救急車でごった返している。巡回バスは機能していないし、タクシーもない。中継するアナウンサーの緊迫した声。弱々しい誰かの泣き声と、それを掻き消す罵声。

混乱した辺りの様子とは裏腹に、空は無意味にどこまでも青く広がっている。ユキを嘲《あざ》笑《わら》うように、のどかな風が吹く。視線の先には、赤い橋梁。その向こうにあるのは、変わり果てたあかね町。……昨夜二人でカレーを作り、くだらない話をして笑い合っていたのが、なんだか夢みたいだと思った。

もしかしたら、本当に夢だったのかもしれない。

どこに行けばいいのかわからなかった。

どうしてこんなことになってしまったのか、わからなかった。

＊　＊　＊

九月のカレンダーを見つめて、ユキは唸った。

マンションの部屋は、まだ朝なのに酷くばたついている。ちょっとやだあ！　と幸子が叫ぶキッチンから、焦げた臭いが漂う。いい加減諦めたらいいのに、また目玉焼きを作ろうとしたらしい。

「ユキくん、おれのネクタイ知らない!?」

カレンダーの前を、シャツ一枚の倉持が走り抜けてゆく。下半身はまだトランクスだ。今日も遅刻だろう。

「知らないよ。幸子が洗っちゃったんじゃない」

「ええっ！　だって、ネクタイだよ！」

「あっ、あの緑のやつ？　洗濯機よ！　汚れてたじゃない」

ほらね、とユキは洗面所を指した。「うそだろぉ」と倉持は頭を抱え、また走り回る。

「パンだけでいいよねっ」と幸子が開き直る。直後に「あつっ！」と小さく声が漏れ、フライパンがシンクに落ちる音。駆け寄る倉持がなにかに足を取られ、床に倒れ込む振動。

「もおやだあ！」

「だ、だいじょうぶ幸子！」

「ちょっと静かにしてよ！　試験もう来週なんだから！」

ばん、とテーブルを叩いたユキに、二人はすみません、と縮《ちぢ》こまる。

この一か月で、東京のマンションはすっかりにぎやかになった。

バリ島から帰国した幸子は、ユキを見た途端に泣き崩れた。台風で、飛行機がなかなか飛ばなかったらしい。別に幸子のせいではないのに、「ごめんねごめんね」と何度も謝られた。

そして倉持との対面。なかなかに気まずかったが、割とすぐに慣れた。話してみれば結構いいやつで、子供みたいに拗ねていた自分が恥ずかしくなった。

「パターンメイキングってむずかしいの～？」

頭を抱えてまた唸るユキを、幸子が茶化す。差し出されたクロワッサンは、両端が見事に焦げていた。二人の間にあるダイニングテーブルには、テキストと型紙が広げられている。朝食を置くスペースはない。

「おれにカンタンな試験なんてないの……」

固くてぼそぼそになったクロワッサンを頬張りつつ、カレンダーの赤丸を見てユキは溜息を吐く。筆記には奇跡的に受かっているものの、今度は実技だ。発想はいいが細かいところの結めが甘いユキにとって、型紙のミリ単位の差で落とされる試験は恐怖以外の何物でもない。

「最近ロクに寝てないんじゃない？　身体壊すよ」

栄養ドリンクと新聞を持った倉持が、心配そうな声を出す。相変わらず下はトランクスのままだった。出社する気はあるのだろうか。

「だっておれ、模試ずっとビリだもん！」

弱音を吐いて、ユキは立ち上がった。型紙を畳み、テキストと一緒にファイルに押し込む。昨日もダメ出しされているので今日こそはいい点を出したい。

寝不足でガンガンする頭を押さえ、玄関に向かう。授業にはまだ早いが、先に教室で練習するのだ。

「あっ、待ってハイ、お弁当！」

幸子が差し出したのは、どこからどう見てもただのカップ麺だ。黙って受け取って、今日のスニーカーを選ぶ。

「……タケくんの送別会、行かないの？」

気遣う幸子を無視して、お気に入りの一足を履《は》いた。玄関を開ける。

「いってらっしゃい」

「あっ、いってらっしゃい！　ハイこれ飲んで！」

遅れてやってきた倉持から栄養ドリンクを受け取り、ユキは一瞬言葉を詰まらせた。

「……い、いってきます」

アタッシュケースを持った倉持と、似合わないエプロンを着けた幸子。朝食にお弁当、栄養ドリンク、……両親。すべてが慣れなくて、毎朝戸惑ってしまう。そしてこの挨拶《あいさつ》も。どれもがユキには酷く遠くて、諦めていたものだった。

「倉持くん会社いいの」

「おれも行、……ああっ、ズボン！」

「ちょっとヤダあ！」

照れ隠しに下を向いたまま、ユキは家を出た。

閉まりかけたドアから見えた幸子は幸せそうだった。いろいろ言いたいことはある。けれどようやく安心したような母親の顔を見ていると、どうでもよくなってくるのだ。ユキと同じで、幸子もずっと、寂しかったのかもしれない。

背を向けたドアの中から、相変わらず騒がしい声や物音が漏れてくる。昨日も今日も、……きっと明日も、その先も。

悪くない。口の端を上げて、ユキはエレベーターに乗った。

マンションのロビーを抜け、自動ドアから外に出る。都会の喧騒《けんそう》。狭い路地を高級外車が走り抜けてゆく。ヒールを鳴らしながら、颯爽《さっそう》と歩くキャリアウーマン。忙《せわ》しなく携帯をチェックするビジネスマン。人の流れに、そのまま身を任せる。

——病院でのあの日以来、七尾には会っていない。

翌日ユキはあかね町を出てマンションに戻り、幸子と倉持と新しい暮らしを始めた。夏休みが終わり、試験勉強に没頭しているうちに月日は流れていた。

なんて、そんなの勿論嘘だ。

溜息と一緒に、駅に続く道を歩く。

東京に戻ってから、七尾に何度も電話した。毎回繋がる前に、『ただいま電話に出ることができません』というメッセージを聞かされ、しつこくかけまくると電源を切られた。

一週間ほど続けて、さすがに心が折れた。

そうして先週、滋子から電話が来たのだ。

『タケ、家出ることになってね』

なんでも来春から、七尾は自衛隊に入ることになったらしい。復興作業を手伝ううちに隊員と親しくなり、相談もせずに決めてしまったのだという。そのための訓練だか勉強だかをするのに、親戚の家に下宿するという。台風で、家が傷んでしまったせいもある。

『それで来週、商工会で送別会があるんだけど……』

病院での騒動が伝わっているのか、気を使ったような声だった。そう、とだけ返してユキは電話を切った。他になにも、言葉が思い浮かばなかった。

七尾には電話しなかった。もうする勇気もなかった。

——送られなかったメールはつまり、送らなくてもいいメールだったのだ。

ようやくそう気付いた。

苦笑いしながら、ユキは駅の階段を上る。改札が見えて、バックパックからパスケースを取りだした。ストラップが指に引っかかり、ボロの携帯が一緒についてくる。それを押し込んで、代わりにテキストを出し、改札を抜ける。

あのメールを打った七尾と、今の七尾はもう違う。

同じであるはずがない。幸子が再婚して、ユキに新しい家族ができたように、七尾だってあかね町を出て、新しい生活を始める。人はいつまでも、同じ所に留まらない。四年の間に七尾はユキの知らない思い出をいくつも作って、何人もの女の子と寝た。ユキだって、ファッションに目覚めて没頭したし、麻美と付き合ったりもした。

お互いの気持ちに、いや自分の気持ちにすら本当には気付けなかった二人がいるのは、遠い遠い過去。

今さらそんな昔のことをほじくり返したから、七尾をあんなに怒らせてしまった。

テキストを睨みながら、ユキはホームの列に並ぶ。

謝罪のメールは、何度も書こうとした。けれど、謝らなければいけないことが多すぎた。なにから書けばいいのか、どこから間違ってしまったのか。後悔したところで、多分もう全部遅いのだ。

ふいにアナウンスが流れ、ダイヤの乱れを伝える。一瞬で辺りに苛ついた空気が漂う。東京は沢山の路線があるから、一つが遅れると、ドミノ倒しのように遅延が連鎖する。

……自分たちもそんなふうにして、ここまで来てしまったのかもしれない。

テキストは少しも頭に入ってこない。今日に限ったことではない。もうずっと、毎晩必死に睨み付けているだけで、そうしているだけで精一杯だった。

――七尾に会いたい。

ホームに列車が滑り込み、制服やスーツの波がどっと押し寄せる。ご迷惑をおかけして申し訳ありません、と割れたアナウンスの声。発車ベルが鳴り響き、ゆっくり列車が動き出した。レールに乗って、いつものように、乗客を運んでゆく。

ユキはテキストを握りしめたまま、ホームから動けないでいた。

早めに出てきている。一本電車を遅らせたって、学校には間に合う。模試を受けなければいけない。……それなのに。

視線は、向かいのホームに停まった列車に吸い寄せられていた。学校の方向とは真逆の路線だ。そのまま乗り続ければ東京を出て、県をまたぎ、あかね町のある県へと運んでくれる。

「……こんなの、嫌だ」

思ったまま、言葉は口から零れた。電話をかけなくなって、一週間以上経っている。七尾はまだ、怒っている。それでいい。許してくれなくていい。きっとこのままじゃ試験に落ちる。

七尾に謝りたかった。……最後にちゃんと顔を見て、会って、けじめをつけたかった。

覚悟を決めて唇を嚙み、ユキは顔を上げる。腕を振り上げ、向かいのホームへ続く階段を駆け上がった。

巡回バスの窓の外には、のどかな田舎町の景色が広がっている。

一か月前の混乱が嘘みたいだ。緩やかな風に、黄金色になり始めた稲穂たちが揺れている。バスが走る国道は一車線しかない。脇の歩道には、手押し車を押すおばあさん。乗客に知り合いがいるのか、こちらに向かって笑顔で杖を振るおじいさん。七尾が入院していた病院が遠くに見える。それから中学校。

頬杖をついたユキを乗せて、バスはあかね町に続く赤い橋梁を渡る。空はどこまでも青い。日本の四季から、秋がどんどんなくなっているらしい。九月も中旬に差し掛かっているというのに、今日も真夏日だ。台風が去ってから、関東には一度も雨が降っていない。あの時のあかね町が晴れていたら、きっと七尾はユキの家に来なかっただろう。あんなふうに楽しい時間を、思い出を作れなかった。……結果的に雨と風は、思い出の町を壊してしまったけれど。

ぼんやりそんなことを考えて、けれど前方に見えた人影に、ユキは目を見開いた。

「……な、七尾⁉」

思わず立ち上がった拍子に、ばさりと膝の上のファイルが床に落ちる。ばん、と窓に手をついた。のろのろ田舎道を走るバスは、ぱんぱんに膨れ上がったスポーツバッグを肩から下げた七尾とすれ違う。

「七尾！　七尾！」

窓を叩くが、勿論外に聞こえるはずもない。バスはあかね町へ向かい、駅のほうへ向かう七尾の後ろ姿はどんどん小さくなる。

「おっ、降りますっ！　降りるって！　……降ろしてくださああぁい！」

泣き叫ぶユキに、バスが急停車した。「運賃！」と声を上げた運転手に、千円札をそのまま押しつける。転がり落ちるようにしてステップを下り、橋梁の上をユキは走った。

「七尾おおおお！」

声の限り叫んだが、百メートルほど先、反対車線の歩道にいる七尾には届かない。ス

ポーツバッグを揺らし、俯いて肩を落とすようにとぼとぼ歩いている。そういえば、送別会の時間を聞かなかった。なんとなく夕方から始まると思っていたが、商工会のメンバーは皆年配だ。午前中に終わってしまったのかもしれない。

『タケ、ずっとレスキューとかレンジャーとかそういうのになりたかったらしいんだわ。なんにも言わないから、うちの酒屋継ぎたいんだと思っててね。でもあたしらも聞かなかったし。悪いことしたなあって、ねえ』

七尾の後ろ姿を追いかけていると、滋子の台詞が蘇った。それを聞いて、ユキは唐突《とうとつ》に思い出したのだ。

——おれはもっと強くなる！　そんでユキのこと、ちゃんと助けられるようになる！

教室に貼られたユキの絵日記を見て、六歳の七尾は胸を張って高らかに宣言した。『タケちゃんはゆう者だよ？』とユキが言うと、『もっとちゃんとしたやつだバカ！』となぜか怒られた。

それからというもの、七尾酒店に遊びに行くとしょっちゅう録画したレスキュー隊の番組を見せられた。腹筋では足の押さえ役、腕立てではカウント役と散々筋トレにも付き合わされたし、「野営ごっこ」という謎の遊びもやらされた。ユキにはよくわからないものが多かった。でも七尾と一緒なら、それがなんでも楽しかった。

——なにそれかっこつけて、ばっかみたい！

再会してすぐ、消防団の仕事をバカにしてしまったことを後悔した。七尾は地道に、宣言した夢を追っていたのだ。それなのにユキは構ってほしくて、作業の邪魔ばかりした。

「な、七尾！　七尾っ！」

アスファルトを蹴り、やっとのことで七尾に追いつく。

国道を通る車はまばらだ。これだけ大声で呼んでいるのに、そう思って、七尾の耳にイヤホンが挿さっているのを見つけた。反対車線から叫ぶだけでは、気付いてもらえそうにない。二人の間を車が通り過ぎる。ユキは両手を振り上げた。

「ねえってば！　止まってよぉ！」

ふと気づくと、身体が宙に浮いていた。勢い余って、歩道から飛び出してしまったのだ。左右は確認していない。だって、少しでも早く七尾の顔が見たかった。

クラクションが鳴り響く。

と同時に、ユキの鼻先をトラックが走り抜けた。風圧でユキは仰け反り、そのまま尻餅をつき、車道に転がる。急ブレーキの音と、タイヤがアスファルトを焼く嫌な臭い。大丈夫ですか、と焦った運転手の声に、七尾がなにか答えている。

「――このバカ！」

衝撃に閉じていた目を開けると、トラックが走り去っていくのが見えた。

それから顔を真っ赤にして、息を切らす七尾。やっと顔が見られた。一か月ぶりだ。いつの間にか、日焼けした腕にユキは抱きかかえられていた。

「お前！　轢《ひ》かれ……」

「ごめんなさい！」

七尾の声を遮って、ユキは叫んだ。

「携帯勝手に見てごめんなさい！　キっ、……変なことして、昔のこと言ってごめんなさい！　怒らせてごめんなさい！」

七尾はぽかんと口を開けて、なにも答えなかった。腕が緩み、歩道に下ろされてユキは彼を見上げる。

「おれ、……おれ、謝らなきゃって思って……」

七尾は黙ったまま、顔を歪める。復興作業で怪我をしたのか、腕や足には新しい絆創膏が貼られていた。Tシャツはタンクトップと同じでよれよれだ。けれどボトムは新調したのか、初めて見るカーゴパンツで、割とセンスがいいから変な感じがする。

「……お前の顔、見るの嫌だって言った」

気まずそうに顔を逸らして、七尾は苦々しく呟く。

キスなんて、しなければよかったとユキは思った。何度も後悔した。なんでいきなり、あんなことをしてしまったのだろう。七尾の今の気持ちも聞かずに。

「ごめんなさい……」

気持ち悪かったんだろうな、と俯いた七尾を見て思う。キスは、好きな人とするものだ。ユキは七尾が好きだから、ついしてしまったが、された七尾はたまったものじゃなかったろう。

「お前の顔見るの、つらいんだよ」

「……うん、……ごめん」

七尾の台詞にユキも俯いた。それはユキも同じだ。七尾の顔が見たいからここに来た。だけれど彼を見ているのはつらい。矛盾しているけどそうなのだ。だって好きだから。そしてこの思いは、叶わないから。

だからあかね町を出て行った。一か月前も、そして四年前も。

「……七尾、おれね、ここに来たら、ほんのちょっとでも、小さかった頃の切れ端だけでも、元に戻るかもって思ったんだ。……でもだめだった」

言って、ユキは顔を上げる。懐かしい橋梁。この向こうは、二人の思い出が溢れている。楽しいのもつらいのも、嬉しいのも苦しいのも。たとえ半分壊れてしまっても、それは変わらない。消えない。七尾だってそうだろう。

だから二人でいるのは楽しくて嬉しいのに、苦しいし、つらい。

そして壊れた町が元と同じに戻らないように、六歳のユキと七尾、十四歳、十五歳のユキと七尾、一か月前のユキと七尾。それからこの瞬間。どれもが違って、別々で、決して同じにはならない。

「だからおれはもう、七尾と親友をやめることにする」

七尾は顔を上げない。ユキはポケットから、ぼろぼろの携帯を取りだした。

今朝充電したばかりなのに、もう電池のアイコンが二つになっている。水に濡れたせいか、最近はしょっちゅう勝手に電源が切れる。完全に寿命だ。

ボタンを操作して、未送信のメールフォルダを開いた。送れなかったメール。七尾のは、送らなくてよかったメールだ。でもユキのこれは、送らなければいけないメールだった。もっと早くに。

「……さよなら、七尾」

呟いて、送信ボタンを押すのと同時にユキは走り出した。

背後で七尾の携帯の着信音が鳴り響く。途端に涙が溢れてくる。メールはもうユキの手から離れてしまった。ここには、「今」しかない。どうにもならない二人しか、いない。

「ばかやろう！」

けれど後ろからTシャツを摑まれて、足が宙を掻いた。がちゃん、と派手な音を立ててボロ携帯がアスファルトに激突し、電池パックが飛び出す。

「ああっ！　って、なに……」

「お前、なんだこれは！」

怒鳴り声が、ユキの身体の奥まで震わせる。

七尾はすごく変な顔をしていた。精悍《せいかん》な眉はいびつに歪められ、鋭い目は弱々しく揺らいで、鼻も口も、か細く震えている。今にも崩れてしまいそうな視線で、なにか救いでも求めるようにユキを見ていた。

携帯を持つ手まで震えている。と、腕を掴まれたと思ったら、ユキの携帯の隣に、七尾の携帯も落ちた。

「ふざけるな！」

ユキは七尾に抱き締められていた。

怒鳴ったくせに、背中に回した腕は酷く優しい。涙は止まっていた。驚いて目を見開いたままでいると、ふいにがらがらと音がする。

「いやぁ、あついですわ〜」

さっきバスですれ違ったおばあさんが、手押し車を押しながら二人の前をゆっくり歩いてゆく。

「み、見てない？、見られてるよね、七尾っ」

動揺してユキは腕から抜け出そうとした。けれど力強く抱き寄せられて、いきおい七尾の唇が頬をかすめ、顔が熱くなる。

「見せとけ」

「いや、いや？　えっ？　ちょっ……！」

いきなり口づけられた。動揺する暇もなく、舌を挿れられて、吐息が零れる。身体の力が抜けてゆく。ユキが抵抗しなくなったのを確認して、七尾はゆっくりと唇を離した。

ふっと、目が合う。

途端に七尾の目はまん丸に見開かれ、忙しなく泳ぎ始める。ぽかんとして見つめるユキから気まずそうに視線が逸らされた。

「……と、とにかく説明しろ。お前、説明下手くそだから、おれがわかるようにな！」

足元に落ちた二人の携帯を回収し、七尾はユキの腕を摑んでぐいぐいあかね町のほうへ引っ張ってゆく。夏の日差しを浴びた横顔は、どこまでも険しい。

「な、……なんで怒ってるの」

そっちからキスしてきたのに。引き摺られながら、ユキは混乱していた。いや、怒っているのはわかっていたはずだ。

——なんでキスしたの？

それを聞かないといけないのに、動揺しすぎてうまく喋れない。顔が熱くて、なんだかふらふらする。何度か躓いて、その度に足が浮く。七尾は馬鹿力だ。

「怒りたくもなるだろうが！　どういうことだばかったれ！」

「だ、だって、だってもう、七尾に会えなくなるから、最後に伝えなきゃって思って！」

焦ってユキはまくし立てた。自分なりに誠意を見せたつもりなのに、なんでこんなふうに怒鳴られなければいけないのか。いや、それよりさっきのキスだ。ああ、整理がつかない。

「だって、七尾はおれのことなんかもう好きじゃなくても、おれは好きだもん！　だから……っ！」

七尾の足が止まった。突然だったので、べしゃんと七尾の背中に鼻を強打した。呻いてユキが鼻を庇っていると、彼は静かに振り向く。

「……おれがお前をもう好きじゃないなんて、いつ言った」

低い声だった。鋭い視線に射貫《いぬ》かれて、ユキはびくりと肩をすくませた。そして、その言葉の意味にはっとする。

「……え？」

確かに、七尾にそう言われた記憶はない。今までの経緯からユキはそう思ったわけで、そもそも「好きだ」と口に出して言われたこともない。……だからつまり……うん？

「え……っ、うそっ、うそ、だって、えっ、七尾もしかして、おれのこと好きなの？」

――今でも？

咄嗟に出た結論をそのまま口に出すと、七尾の顔がかっと赤くなった。いくら俯いても、誰が見てもわかるくらい、真っ赤だった。摑まれたままの腕を、いっそう強く引かれる。勢いがつきすぎて、ユキは七尾に抱きつくような形になってしまう。

「好きだ！　悪いか！」

突き抜けるような青空に、七尾の怒鳴り声が響き渡った。

Tシャツからわずかに香る、汗の匂い。七尾の甘い匂い。ユキが慌ててそこから顔を上げるのと同時に、七尾はユキの腕を離し、一人ですたすたと歩いていってしまう。

……いや、悪いかって、悪いとかではなく、いや悪くは全然ないけれど、それはもう全然、むしろ悪いどころかいいのだけれど。

「え？　……なんで？」

少なくとも、好かれているとは思っていなかった。今までだって迷惑ばかりかけた。それでも幼馴染だから、……「親友」だから、仕方なく面倒を見てくれているのだと、そう思っていた。

呆気にとられて固まっていたユキは、遠ざかる七尾の背中にはっとした。

「ま、待って！　待って七尾！」

焦って追いかけ、思わずTシャツを摑んだ。七尾は振り向かない。けれどユキを振り払うでもなく、そのまま大股で歩き続ける。相変わらずぼさぼさの髪が、南風に煽られた。そこから覗いた耳は、まだ赤い。

「……大体お前、おれが行く大学がどこにあるか知ってるのか」

「大……なに、え？　自衛隊に入るんでしょ？」

「だから、その前におれは大学を受験するんだよ！　……まあ、ダメ元だが」

ユキは首を傾げた。頭の中がクエスチョンマークで埋め尽くされる。七尾はこちらを見ないまま、大きく溜息を吐く。

「もういい。——とにかくおれが下宿するのはその大学の近くで、ここよりずっとお前の家に近い。そもそも都内だ」

「……えっ！」

ユキはきょとんとした。

だって、送別会なんていうから、てっきり七尾はものすごく遠くに行ってしまうのだと思った。だからこれが最後のつもりで、あのメールを送った。もう二度と顔を合わせることがないと思ったから、送れたのだ。

「えっ、なっ、なななななんで！　どういうこと、えっ。うそっ！」

真っ赤になる顔を庇って俯いた。七尾の手には、二台の携帯が握られている。証拠は摑まれている。どうしよう。

「だからそれを今から、じっくり聞いてやる」

言って、七尾はまたユキの腕を摑み、引き摺りながら歩き出す。

夏の日差しを浴びて、七尾の横顔に深い影が落ちる。表情が見えない。だけれどその声はどこまでも優しくて、見上げながらユキは少し、泣きそうになった。

一か月ぶりのあかね町の家は、また少し埃っぽくなっている。

七尾はユキの長い話を聞き終わると、低く唸った。二人してタオルを首にかけ、居間の文机に向かい合っていた。バスだとそうでもないが、橋梁からここまでは歩くと結構な距離だ。二人とも汗だくになってしまって、着いてすぐにシャワーを浴びた。

今日は掃除をしないらしい。掃除機も雑巾も、バケツも出ていない。雨戸すら開けず、その隙間から薄い光が差し込むだけだ。文机の上には、来る途中で買った二人分のアイスクリームがのっている。

薄暗い中、二人して畳に正座したまま、長い沈黙が続いていた。

「……つまり、整理すると、……とにかくお前はおれが好きで、それは恋愛感情だってことで、いいんだな？」

真顔で聞いてくる七尾に、ユキはぽかんと口を開けた。今さらなにを言っているのか。

「七尾って、もしかしてバカなの？」

「お前の話がまったく要領を得ないんだろうが！　順序立てて説明しろって言ってるだろさっきから！」

「ヨウリョ……え？　だ、だからプールで水着が破れたじゃん、それで！　あっ、違う、川で溺れた時？　……あ、でも、ここで七尾見た時もそうかもしれなくて！　……あれ？」

「……もういい」

頭を抱え、七尾は文机に突っ伏した。なんだか疲れているようだ。

ユキも疲れた。いつからどんなふうに、どうして七尾を好きだったのか説明するなんて、難しすぎる。だって、気が付けばいつだって七尾のことばかり考えていたし、考えない日なんてなかったのだ。……こんな話をするのは、恥ずかしくて疲れる。

俯いて熱い頬を庇いながら、上目遣いで七尾の濡れた頭を見た。

「そ、それに、七尾、おれが携帯見たから怒ってるんじゃ……」

「怒るだろ！　誰だって勝手に携帯見られたら！」

勢いよく上げた七尾の頭がぶつかりそうになって、ユキは仰け反る。

「ご、ごめんなさい！」

「謝るなバカ違う！　ああもう！」

七尾は頭を掻きむしり、文机にばん、と手をついた。

「お前な！　おれはお前がおれのことそういうふうに好きだなんて、一度も聞かされてなかったんだぞ！　その状態であんなメール見られて、どう思うか考えろ！」

「あ……」

そうだった。確かにユキは、一度も七尾に自分の気持ちを言っていなかった。黙り込んだユキを見つめ、七尾も沈黙する。

「……消えたかったよ、おれは。お前の前から」

呟いて、七尾はユキに背を向け、膝を抱えるようにして胡座《あぐら》をかく。俯いて流れる七尾の髪。それが、今まで何度も七尾のキスを夢想して、自己嫌悪してきた自分の姿と重なる。締めつけられる胸を庇いながら、ユキも呟いた。

「……でも消えないよ。ねえ七尾、おれたちは、消えないんだよ」

どんなに泣いても、ないことにしようとしても。

でもだからこそ、こうして、また会えた。

「なに当たり前のこと言ってんだ。……言うつもりなんてなかったんだよ、こっちは」

七尾の細い笑い声に被さるように、小さく雨音が響き始める。向けられた背中が、なんだか酷く小さく見える。

――でもユキは、七尾のメールを見てしまった。気持ちを知ってしまった。

ユキだって、七尾のメールを見るまでは自分の気持ちを必死に隠そうとしてきた。自分自身すら、誤魔化そうとしてきた。だから町を出て以来、七尾がイジメられていたのかもと気付く前だって、ずっと帰れなかったし電話だってできなかった。メールだって、いつもうまく打てないから、絵文字だらけにして誤魔化した。

……もしかして七尾も、ユキと同じだったのだろうか。

ユキから届くメールに、溜まってゆく不在着信に、四年間ずっと……。そしてこの一か月、つらい思いを抱えて過ごしていたのだろうか。

「キ、キスしたから、……わかるって、思ったんだもん……」

そんなことをする前に、きちんと話をしなければいけなかったのだ。

ただの言いわけを吐いて、ユキは立ち上がった。文机を避けて、項垂れたままの七尾の背中の前に立つ。

「だからお前は童貞なんだ」

顔を上げずに、七尾は低く笑う。なにがおかしいのか、ユキにはわからない。ただ、バカにされている感じだけは伝わってきて、むっとする。

「怒るなよ。……バカ」

七尾は振り向いて、目を細めた。ユキに向かって腕を伸ばすが、その指はユキの鼻先で止まったまま、動かなくなる。

閉まった雨戸の向こうから、雨の音。

降ってきたな、と七尾は呟き、腕を引っ込めてしまう。もどかしくて、ユキは七尾の前に膝をついた。ぽたり、と七尾の髪から水が落ち、ユキの膝を濡らす。七尾は俯いたままで、表情が見えない。

「好きだよ、七尾」

反射的に七尾は顔を上げた。戸惑ったような表情だった。まだユキの言葉が信じられない、とでもいうように、その目が泳ぐ。見つめ合いながら、ユキは懸命に言葉を探した。どうしたらわかってもらえるのか。これ以上嚙み合わないやり取りを、すれ違いを続けたくない。でも、うまい言葉が浮かばない。せめてこんな時くらいまともに働けと、ポンコツな頭を恨んだ。

「う、うまく言えないけど、ちゃんと説明できないけど、嘘じゃないよ。……ほんとだよ」

結局それしか言えなかった。

七尾は黙ったままだ。さっき鼻先をかすめた手は、力なく畳に投げ出されている。その手を握りたかった。握って、七尾の目を見て、唇に触れて、信じてくれと口づけたかった。

でもいきなりそんなことをしたら、いつかみたいに振り払われるかもしれない。また、誤解させてしまうかもしれない。

だから今度は、きちんと確認をとる。

「……触ってもいい？　……触りたい、七尾に」

キスだけじゃない。本当はもっと、ずっと、いろんなことがしたい。……台風の晩に、されたようなことを。……東京に帰ってから何度も、あの続きを想像した。

熱くなってくる頬をそのままに、ユキは小首を傾げた。七尾は一瞬言葉を詰まらせて、ふっと眉を下げる。泣きそうな顔だった。それでも視線を逸らさないユキに、観念したように両腕を差し出す。そっと背中に手が触れたのを確認して、ユキもおずおずとその肩に触れた。

「……お前がそんなふうに思ってるなんて、考えもしなかったんだよ、こっちは」

背中に回った腕で、ぎゅっと抱きすくめられた。漏れてくる雨の音が強くなる。

台風の晩は、七尾に触って酷く怒られた。でも今は、怒らないでいてくれる。それどころか、こうして七尾から抱き締めてくれる。……それがすごく、嬉しかった。七尾の話なんか、どうでもよくなるくらいに。

「あっ、じゃないや。……えっと、なんで？」

停止寸前の思考回路をなんとか働かせて、ユキは聞いた。返事がないので見上げると、七尾は困ったように、視線を逸らす。

「おれは用心深いんだ。まずは悪いほうに考える」

「——ネクラじゃん！」

ぷっと笑うユキに、七尾は顔を赤くする。うるさい、と小突かれた。腕が緩み、どさりと七尾は仰向けに寝そべる。ユキはそこに跨《またが》った。

「大体、お前が仕返しとか言うから。……バカなお前のことだから、本当にただの仕返しのつもりだって……」

七尾は抵抗しない。マウントポジションを取ったユキを見上げて、よくわからないことを言ってくる。七尾の肩に手をついて首を傾げたユキに、「もういい」と力を抜く。腕が伸びて、目にかかった金髪をすくう。

「普通は、こんなふうにうまくいくと思わない」

ユキは返事をしそこねた。髪を撫でていた七尾の指が、Tシャツの裾を捲り上げたからだ。空いた手が背中に回り、ユキを膝に乗せたまま七尾は起き上がる。

「だって、……お前に触って、興奮するとか、……おかしいだろ」

七尾の息が首筋をかすめた。溜息とは少し違う。脇腹に触れていた指が背中に移動して、そこを優しく撫でられる。頭がぼんやりしてきた。頬に口づけられる。不揃いな七尾の前髪が当たって、くすぐったい。

「そりゃ……、おれも思ったけど……」

触れるか触れないかのキスをされながら答えると、七尾の動きが止まった。視線に促されて、ユキは口を開く。

「七尾でヌいたあとは、おれも消えたくなってたし」

「…………ヌ？」

変な声が上がった。顔を引き攣らせた七尾が、わなわなと肩を震わせ始める。

「——は!? おま……っ、ヌ!? ヌいたとかなんだ！ ヌいたとか言うのかお前！ いやそれ以前におれでヌいたのか!?」

「……あっ！」

途端にぼんっと顔が噴火する。しまった、自爆してしまった。最悪だ。

赤面して慌ててもがくユキを、七尾は離さない。ユキは視線から逃れて俯きながら、けれど動揺して、ますますいらないことを喋ってしまう。

「だ、だだだって、おれも男だし……っ、け、けど七尾は大事な親友だしっ、……なのに、親友オカズにするとか……っ」

大切な七尾を汚しているようで、嫌だった。けれど、それに酷く興奮するのも確かなのだ。大事だからこそ、大切だからこそ汚したくなる。いくら綺麗事を並べても、本能からくる性欲は、ただただ浅ましい。

「や、やめなきゃって何度も思ったもん！ もう嫌だっていつも思うし、すごい落ち込むし、ほんとおれなんか消えちゃえばいい、最悪だって。け、けど、ムリで……」

語尾がかすれた。七尾の顔が見られない。こんなこと、言うつもりじゃなかったのに。

「いや、そこ悩む前にもっとお前、悩むべきところがあるだろ」

呆れたように言われて、恐る恐るユキは顔を上げた。

「……えっ、……なにを？」

ぽかんと口を開けるユキに、同じく七尾も、ぽかんとした。

妙な沈黙が二人の間を流れる。

「……だから、……ぶっ！」

七尾はいきなり吹き出して、そのうち肩を震わせ、しまいには爆笑した。

「はっ、さすがだなお前は！　あ——もうなんだ、バカは素晴らしいな！　素晴らしい！」

「だからなにが？　え、わかんな、……あっ」

七尾の手がTシャツを掴み、一気にそれを脱がされた。いきなり触れた外気が心許《こころもと》なくて、ユキは肩をすくめる。七尾も服を脱ぐ。露《あら》わになる鍛えられた身体に、つい目がいってしまう。顔がまた熱くなる。

「……で？　お前のその悩みは解決したのか」

大きな手で頬を挟まれ、ニヤついた七尾に顔を覗き込まれる。ユキは考えてみるものの、すぐには返事ができなかった。

——どうなのだろう。

とりあえず、七尾はこんな自分を迷惑に思ったり、嫌ったりはしていないようだ。……多分。

「よく、……わかんない」

思ったままを伝えると、七尾はまた笑った。さっきのとは違う、優しい笑顔だった。

「安心しろ。おれはどんなやつだろうとお前が好きだ。……昔からずっとな」

ぶわっと涙が溢れた。

とんでもない量に、自分でもびっくりした。頬を挟んでいた両手が離れ、頭を撫でられ、しゃくり上げる。金髪をすくわれて、ぐしゃぐしゃにかき回された。バカみたいな涙のせいで、なにも見えない。それでもなにか返さなければと、ユキは震える唇を開いた。

「おれ……もう、ぜったい……消えないっ」

嗚咽を零して、ぎゅっと七尾の腕を摑んだ。好きだと七尾が言ってくれた。大好きな七尾が言ってくれた。しかも、昔からずっとだ。反芻して、容量の小さい頭に何度も貰った台詞を焼き付ける。

「ぜったいぜったい、忘れないっ、……おれバカだけど、忘れないからっ！」

零れる涙を拭いながら、ユキは続ける。息遣いで七尾がまた、優しく笑ったのがわかった。

「本当に自信あるか？　忘れやがったら、また言ってやるよ」

「……ひっ、……うっ」

言葉が出ない。涙が邪魔で、こんなに優しい七尾が見えない。

濡れた頬を七尾の両手で挟まれて、息が詰まった。

「解決したか？」

笑いながら聞かれて、ユキは泣きながら何度も頷いた。七尾の身体も、彼とのキスも、

――それ以上のいろんなことも、それこそ散々、何度も想像してきた。

けれどこんな優しい台詞は、まったく思い浮かんだことがなかった。

ユキだけがずっと七尾を好きで、ずっとそれは変わらなくて、そしてそれだけだった。

それ以上のことなんか、想像できるはずがなかった。

「じゃあいいんだよ、それでもう」

「……だにが、……いびわがんない……」

「鼻水垂らすな。これ使え」

差し出されたティッシュで思いきり鼻をかむ。瞼を拭われて、ユキは七尾を見上げた。

抱き寄せられて、柔らかい口づけを落とされる。触れ合う素肌の感触が生々しくて、七尾の唇を吸いながら、ユキは吐息を零した。

「お前はわからんでいい。……おれがわかってれば」

「なに、……あっ」

いきなり首筋に噛みつかれて、体がぞくりと震えた。少し痛い。でも、噛まれた後のそこを舌でなぞられると、全身にむず痒い快感が広がってゆく。

たまらずユキは腰を引いた。けれど膝の上に跨った体勢では大して動けず、抵抗は腕の中に消えてゆく。背中を撫でられる。膝から太腿に、七尾の指はゆっくり移動する。

「……ん……」

「おれが考えて悩んでやるから、お前みたいなバカはそうやって、呑気にしてりゃいい」

言いながら、七尾はいきなりユキを畳の上に押し倒した。するりとハーフパンツをはぎ取られ、下着だけにされてしまう。

「わっ！　……なんか、ひどいこと言われてる気がすんだけど」

「……お前はほんとに、どうしようもないバカだなあ……」

笑い声は、途中で深い口づけに変わった。口内をかき回されて、すぐに思考回路は停止する。言われた通り、考えるのは得意じゃない。舌に煽られてどうしようもなくなり、もっと、とねだるように七尾の首に腕を回してしまう。

「……ふっ」

「キス、好きか」

聞かれて、ユキは素直に頷いた。ぷっ、と七尾が小さく吹き出す。再び口づけられて、頭がとろとろに蕩けてゆく。

零れた吐息すら舌にすくわれて、ぴくんと身体が跳ねる。ふいに七尾の指が、胸の突起に触れた。押し潰すように指の腹で撫でられて、それからきゅっと摘《つま》まれる。

「……やっ」

か細い声が漏れた。ユキの反応に気をよくしたのか、七尾はしつこくそこを責めたて始める。片方は指で、もう片方は唇で、摘み上げ押し潰して、舐めて、噛まれる。

「は、……あ、なな……っ、んんっ」

じわじわとそこから染み出してきた快感が、ユキの全身を痺れさせた。徐々に主張を始めた下半身に気付いて、七尾の手がそこに移動する。下着の上から柔らかく揉《も》みしだかれ、そっと先端を撫でられただけで、腰が跳ねる。

「あ、やだ、待っ……！」

「……メール返さなくて、……電話しなくて、悪かった。……ずっと」

「こ、んなこと……しながら、言う……っ？　あっ！」

今さら謝る七尾に、思わずユキは憎まれ口を叩いた。そんなのユキだって同じだ。もっと早くに、ちゃんと気持ちを伝えていれば、こんなにややこしいことにはならなかった。お互い様なのだ。

けれど下着の中に指が入り込み、舌に胸を、そして掌にそこを緩やかに包まれて、頭が真っ白になる。零れる声が、止められない。

「やめっ、だめっ、あぁ……っ、あ……」

ふいに舌が離れて、七尾は顔を上げた。目を細めて、ユキの下着を引き抜く。指を動かしたまま、覗き込む。

「……へえ。そうか。やっぱりこれは、悪いことなのか」

「ふぅ、あ、あ、あ……っ！」

「おい聞いてるだろバカ、ちゃんと答えろ」

笑いながら、それでも七尾は指を休めない。触れてもいいかと確認をとったのはユキなのに、七尾が触ってばかりいる。そこを強く擦り上げられて、ユキはびくびくと身体を震わせた。自分で触るのと、全然違う。そんなふうにされたら、すぐにでも達してしまう。

強烈な刺激から逃れようと首を振る。

「い、いや……、七尾っ、あっ！」

ぎゅっとつま先に力が入ったところで、ぴたりと七尾の手が止まった。

「え……なに」

「なにって、嫌で悪いことなんだろ。これは。最悪で、もう嫌って思ってたんだろ？」

ユキを見下ろしながら、七尾は至極愉快《しごくゆかい》そうに言い放つ。細められた目から放たれる視線で、ユキの身体を静かに撫でてゆく。それだけなのに、どこにも触れられていないのに、身体が戦慄いた。

「わっ、悪くないっ、いやじゃない……っ！」

慌ててユキは七尾に縋りついた。中断されたせいで、行き場のなくなった熱が身体を駆け巡る。どうにかなってしまいそうで怖い。

「素直でよろしい」

ふ、と七尾は笑い声を零して、またユキの突起に舌を這わせた。

「あっ、……あッ！」

舌と指で突起を弄《いじ》られ、そこをまた擦り上げられる。同時に三か所から痺れるような感覚が湧き上がり、ユキは目を見開いた。俯く七尾の口元から、赤い舌が覗く。淫靡《いんび》な動きで、ユキの胸を舐め回す。それを見た途端、そこが弾けていた。

「あッ、――ッ！」

背中を反らせて、胸にある七尾の頭を掻き抱いた。七尾の手の中のそれが脈打ち、余韻に細い声を漏らす。

「早いな」

七尾が顔を上げた。黒髪が揺れて、ユキの胸を擦る。その感触に、またぴくりと反応してしまう。

「……こ、こんなの、初めてだもん……」

「そうかそうか、そうだろうな」

荒い息を吐いて畳に手足を投げ出すユキに、七尾は笑って、だけれどふっと、目を逸らした。それから少し身体を離し、ぬめりを帯びた指で、ユキの後孔《こうこう》を撫でる。

「わあっ！　七尾ちょっと、……ちょっと待って！」

ぎょっとして、ユキは腰を引いてしまう。七尾の指はそれを許さずに、奥へと入り込んでくる。ユキがさっき放ったもののせいで、滑りがいいのだ。

それに気付いて、かっと顔が熱くなった。それでも、胸にかかる七尾の息のほうがずっと熱い。

「ふ、う……っ」

さっきまで弄られていた胸が、まだ疼いた。七尾の肌と擦れて、そこがまた、じんと痺れる。ユキの身体はまた反応し始めていた。頬を摑まれて、口づけられる。唇をついばまれ、舌を甘嚙みされると、すぐにわけがわからなくなってしまう。

「痛かったら、すぐやめてやる」

「でも、……う、わあ……ッ！」

ぐっ、といきなり指を動かされて、ユキは慌ててもがく。けれど肩を摑まれて、足が宙を掻いただけだった。

男同士がどうやってセックスするのかは、割と早いうちから知っていた気がする。時代遅れのユキの携帯でも、インターネットには繫がる。あと必要なのは、少しばかりの男子の好奇心だけだ。……七尾との行為を、想像しなかったと言ったら嘘になる。だってそれは、本当に好きな人とするものだから。

――だけれど、ただ想像して赤くなるのと実際に行為に及ぶのとでは、次元が違う。

「大丈夫だ、大丈夫。……大丈夫だから」

かすれた声で、七尾は繰り返す。のしかかられて、ユキは気付いた。

押しつけられた七尾のそこは、ユキのそれよりずっと熱く、猛《たけ》っている。首筋をかすめる吐息で、火傷しそうだった。七尾はユキに優しいはずだ。どんな時でも、きっと。……多分。

「い、痛かったら、ホントに、やめてね……」

観念すると、七尾はそっと頬にキスを落として身体を起こした。見下ろされるとやっぱりどうしても怖かった。ぎゅっと目を閉じると、ちょっとだけ涙ぐんでしまった。七尾が柔らかく笑った吐息が頬にかかり、恐る恐る目を開ける。

「まあ落ち着け。ほら、歯医者と同じだと思え。痛かったら右手を上げる。簡単だろ？」

言われて、ユキは試しに右手を上げてみた。よし、とまた七尾が笑う。心臓が、ばくばくしてくる。落ち着かない。変な汗が出てきた。やっぱり怖い。

「ま、待った！　じゃあ左手はどうするのっ？」

「は？　……いや、……なんだじゃあ、……まあ、気持ちよかったら、上げたらいいんじゃないか」

「わ、わかった！」

「おい、両手上げたらどっちかわからんだろ」

「あっ！」

「ったくお前は……、そんな緊張するな」

ユキが慌てて腕を下ろすと、一息置いて七尾は指を動かし始める。痛くもないが、気持ちよくもない。よくわからない感じだった。

けれどふいに、妙な感覚が下半身に広がる。じんわりとだが、奥の、奥まで。

声を上げる暇すらなかった。びくん、と腰が跳ねて、細い息がユキの口から漏れる。咄嗟に上体を起こしかけた。

「……なッ、あッ、——ッ！」

「ここか」

七尾の指がそこを何度も押す。強く、弱く。円を描いて、こねくり回して、がくがくと震えるユキの腰を面白がるように。

いやだ、と口を開いたはずなのに、言葉にならなかった。それが快感なのだと、しばらくして気付いた。

甲高い声を上げて、ユキは右手で畳を掻いた。やめて欲しいのか、続けて欲しいのかよくわからない。考えられない。今まで経験したことのない、恐ろしいほどの快楽だった。

「待っ……、あッ、あッ！　あ……ッ！」

萎《な》えていたはずのそこは、すっかり勃ち上がっている。ふいに七尾の指が絡《から》められて、息が詰まる。腰から広がった震えが、全身をくねらせる。ひどい動きをする自分の身体に、恥ずかしさがこみ上げた。

「ほら見ろ、悪くないだろ」

かすれた声で七尾が笑ったが、答える余裕はない。代わりに、ユキの口からは、悲鳴にも似た嬌声が溢れて止まらない。

雨の音は、もう聞こえなかった。

頭の中が、淫靡な水音で埋め尽くされてゆく。いいか、と聞く七尾の声が、ぼんやり霞んで遠ざかってゆく。くねるユキの身体も、頭も、どろどろに溶けてゆく。

触れる七尾の指が熱い。自分の身体も。

いつの間にか、また突起を弄られていた。摘まれ、押し潰され、擦り上げられて、頭が真っ白になる。

――もうだめだ。どうにかなる。おかしくなる。

「……ひだり、あげられ……な……」

息も絶え絶えに、ユキは呟いた。涙が零れた。

「っじゃあもう、見ない……っ」

焦ったような、七尾の声。ふいに腰が浮いて、七尾のカーゴパンツが畳に落ちる音。それと同時に、熱く猛ったものが押し当てられる。七尾のだと思ったら、目眩がした。これがユキの中に入ってしまったら、本当に七尾と一つになってしまったら、そんなの、どうなってしまうのか。今、欲情した七尾に見つめられるだけでも心臓が破裂しそうなのに、それを自分の中で感じたりしたら。

「あっ、あ……っ」

想像して、自分のそこがびくんと脈打つのがわかった。ぐっとそこの圧迫が増し、七尾が苦しそうな声を漏らす。

「なんでもう締まるんだよ……っ」

「あ……っ、なにっ」

ユキは焦って身体を起こしかける。七尾はそれを目で押しとどめて、浅い息を吐きながら命じた。

「……息吐け、……ゆっくりだ。一緒に」

「……っ、う……」

長く長く、ゆっくり。力を抜いて。七尾にのしかかられ、そう指示される度に、耳元に熱い吐息がかかる。力を抜こうと思うのに、ユキの身体はびくびくと反応してしまう。

「はぁっ、あっ、むり……、きもち……っ」

「……バカ」

悪態をついた七尾の顔は、見ていない。そのまま深く口づけられ、あっという間にユキの頭はとろとろになってしまったからだ。

「あ、う……」

「もっと欲しいか。うん？」

聞かれて、素直にキスをねだり、七尾の首に腕を絡ませる。今まで想像した分を全部もらうのに、あと何回かかるだろう。じんわりとした幸福感が全身に駆け巡る。と同時に、緩んだそこに、熱い楔《くさび》が打ち込まれてゆく。

「んぅっ、う……」

舌でユキの口内をかき回しながら、七尾はゆっくりとユキに侵入してくる。身体の中に、七尾が埋め込まれてゆく。

「はぁ、あ……っ」

「そのままだ。そしたらもっと、気持ちよくなる」

声に何度も頷いて、ユキは長く息を吐く。気持ちよくなくてもいい。七尾と繋がりたい。一つになって、誰にも見せたことも触られたこともない場所を全部、七尾でいっぱいにしたい。

「……ふぅ……んっ！」

ぐっと奥まで押し込まれる感覚に、ユキは細い声を漏らした。七尾が大きく息を吐き、ぽたりと彼の汗がユキの額に落ちた。

「はぁ、……はぁ……っ」

「……挿入《はい》った。……痛くないか」

息を切らしながら、ユキは頷く。そう聞く七尾のほうが、ずっと苦しそうだ。早く楽にしてあげたい。……ユキの中で出したら、七尾は気持ちよくなってくれるだろうか。

「あ……っ」

「――ッ、おい」

七尾に言われて、ユキはそこを締めているのに気付く。息を吐きすぎて、頭が朦朧《もうろう》としてきた。苦しそうな七尾に、思わず手を伸ばす。汗の滲む額に触れて、呟いた。

「七尾……、気持ちよく……なって」

「……お前が先だ、バカ」

台詞とともに、腰を摑まれ、身体が浮く。角度を変えて、さっき散々指で嬲られたそこを、深く抉《えぐ》られた。

「ひ、あ……ッ！　あ、なな、待……、うわ、あぁ……っ！」

摑まれた腰を揺さぶられ、何度もそこを擦られ、打ちつけられる。頭が砕け散りそうな快感に、ユキは叫んだ。こんなのは気持ちよすぎる。気持ちよすぎて、だめになってしまう。

「やあ……ッ、やだあッ、やめ、あッ、あっ！　やめてっ、あああッ！」

「今さら無理だ、バカ……っ」

「やッ、あッ、七……ッ！」

「ユキ……っ！」

いきなりそう呼ばれて、びくんと身体が跳ねた。

霞んだ視界に、息を切らす七尾が見えた。ユキ、ユキ、そう何度も呟きながら、彼は眉を顰め、唇を噛む。汗に濡れた黒髪が揺れる。日に焼けた肌が、上気してほのかに赤い。腰を摑む手が、小さく震えている。

それがたまらなく、愛おしかった。

「た、……タケちゃん……っ」

ユキが思わず伸ばした腕を、七尾は摑む。一瞬身体が浮いて、けれど重力には勝てず、すぐに畳に落ちる。ユキの手も宙を掻く。ユキは泣きそうになった。

「ユキ、……っ！」

——ずっと、そうやって名前を呼んで欲しかった。

「あ……っ、……たけ、タケちゃんっ、タケちゃん……っ！」

限界が近付き、意識はまた薄れてゆく。息が上がる。

けれど七尾の声は消えない。何度も名前を呼ばれて、吐息が重なり、どちらのものか区別がつかなくなってゆく。溶けて、弾け、混ざり合ってゆく。

「た、……ぁ……は、ぁ……！」

すすり泣くような声を上げて、ユキは身体を震わせ、意識を手放した。


雨戸の隙間から、強い日が差し込んでいる。

文机に頬杖をついて、ユキは畳に浮かぶ筋をぼんやり見ていた。壁時計はまだ、三時を指している。意外と時間は経っていない。

「ねえ、雨やんだね」

廊下が軋む音に振り向くと、頭にタオルをかけた七尾と目が合った。カーゴパンツを穿いているが、上半身は裸のままだ。汗だくのTシャツや下着は、洗濯機の中。そういうユキも、下着しか着けていない。自分のは洗われてしまって、七尾のだからぶかぶかだ。濡れた髪は、七尾が乾かしてくれた。しばらく動けなかったのだ。

「なんか食べに行くか。車出して」

タオルで濡れた頭を拭きながら、七尾は寝室に向かう。鴨居に頭を下げて、布団をそこから運び出す。

「……腰だるい」

首を振って、ユキは文机に突っ伏した。ばさりと頭にTシャツが降ってくる。広げてみると、めちゃくちゃでかい。これも七尾のだ。

「とりあえずそれ着ろ」

「うん」

がたがた雨戸が開けられる音を聞きながら、ひとまずTシャツを着込んだ。襟から頭を出すと、部屋が一気に明るくなっている。

開け放たれた窓から、緩やかな風が流れ込む。少し汗ばんでいたTシャツの中を抜けて、気持ちがいい。

七尾は庭に出ていた。錆《さ》び付いた物干しに布団をかける。強い日差しに、褐色の肌がよく映える。締まった背中を見て、ユキは顔が熱くなった。

——七尾とセックスしたんだな、おれ。

そう思うと、あれだけ散々恥ずかしい格好やら表情を見られた後なのに、今さらどぎまぎしてしまって、さっきからうまく話せないのだ。

あの後、七尾に抱きかかえられて風呂に入った。いろいろと後始末をしてもらい、布団で眠ろうとしたが、『干さないとだめだ』とここに追いやられて、今に至る。

火照ってくる顔を二の腕で冷やしつつ七尾を盗み見ていると、ふいに彼は空を見上げた。

「おい、ちょっと出てこい」

「え、やだよ」

「いいから来い」

縁台に膝をつき、七尾は身を乗り出す。柱を支えにして、よろよろとユキは立ち上がった。Tシャツは膝の辺りまである。これではワンピースだ。重たい腰を擦りながら、頬を膨らませる。

「動くのしんどいんだってば」

「じゃあ摑まれ」

差し出された腕を摑んだ。泥がついたままのサンダルを突っかけると、ほら、と七尾が上を指さした。

「わ、あ……！」

空一面に、大きな虹がかかっていた。

「すっごおおお！」

七尾の腕を放して、ユキは空を見上げたまま庭を駆ける。

「うっわマジですっご！　これどこまで続いてんの!?」

虹はあまりに大きすぎて、端が見えない。それを探して、倒れたままの生け垣を跳び越える。今日は足を引っかけなかった。怠いししんどいはずなのに、身体はびっくりする程軽い。

「そんな動いていいのか」

背後で呆れたように七尾が笑う。腰が痛いのなんか忘れてしまった。上を見たまま走っていると、ふいに躓いてよろける。七尾の腕が伸びて、後ろから抱き寄せられた。

「わ！」

「バカ、気をつけろ」

虹のかかるあかね町は、夏の日差しを浴びてきらきら光っていた。さっきまで降っていた雨のせいだろう。

「ねえ！　町も虹色だね！」

思ったままを口にして、ユキは目を細めた。七尾はなにも言わない。けれど同意するようにユキの肩に触れて、風に揺れる髪をすくった。

「来いよ」

七尾は二人の前にあるガードレールを跨ぎ、そこに腰を下ろす。そうすると、うまい具合にこの高台からあかね町が一望できるのだ。小さい頃によくやった。思い出して、ユキも七尾に倣う。

しばらくそうして黙ったまま、見事な虹に見惚れていた。

ふいに強く風が吹いて、ユキは髪を押さえて視線をずらす。七尾と目が合った。黒髪を揺らしながら、彼は黙ってユキを見つめていた。いつからそうしていたのだろう。

「あの、……た、タケちゃんはどうすんの、これから」

「なにが」

「だから、下宿行くんじゃないの」

「そうだったな。……ユキは？」

見つめ合って、……名前を呼び合って、一息置いて二人して笑った。

「まあ別に、予備校明日からだしな。下宿先にはさっき電話したたし。今日はゆっくりしたっていい」

「あっ、じゃあ夜も一緒にいれる？」

「一緒にいたいのか」

「うん！」

即答するユキに七尾は破顔した。伸びてきた指で頭を撫でられて、たまらなくなった。本当は夜だけじゃなくて、明日だって、明後日だって、ずっと七尾といたい。

「おれ、会いに行ってもいい？　下宿先に」

あかね町よりは近いが、それでも昔みたいに、歩いていける距離ではない。そう思うと、途端に寂しくなってくる。

「週末ならな。毎日来るなよ」

見透かされた台詞に、ぐう、とユキは唸った。けれど、「勉強どころじゃなくなる」と頬に軽くキスされて、それだけで舞い上がってしまう。

「わかった！　週末ね週末！」

「……お前、毎週来るつもりだろ」

「えへっ」

困ったように頭を掻く七尾に、ユキは甘えてもたれかかった。すると腕に七尾の指が触れ、優しく撫でるように手首へと移動する。

互いの指が絡まる。

ユキは思わず俯いた。泣きそうになってしまう。

「どうした」

「べっ、べつに……っ」

わずかに緩んだ七尾の手を、ぎゅっと握った。

眼下に広がる景色は、思い出とはもう大分違っている。廃校になった小学校の解体工事が始まっていた。水害で崩壊したのだ。商店街は半分なくなり、神社も取り壊され、雑木林からはショベルカーが覗いている。

「結局、半分以上埋め立てて再形するらしい」

ユキの視線を追って、七尾が小さく呟いた。

もう一度七尾に会いたくて、もう一度だけでいいから話したくて戻ってきた町は、大きく姿を変え始めていた。

　蝉の声はもう聞こえない。台風は遥か遠く。もう、きっと消えている。頬を撫でる風は少し冷たいし、そのうち遅い秋もやってくる。七尾も町を出る。今見上げている虹だって、いずれ消える。変わってゆくものは止められない。

　――だけれどこうしてユキは今、七尾の手を握っている。

　ずっと、繋ぎたくて繋げなかった手を今、しっかり摑んでいる。

「……おれたち、これからどうなるのかなあ」

　虹を仰いでユキが呟くと、さあな、と七尾は小さく笑った。

　七尾は試験に受かるだろうか。そしていずれは、自衛隊に入るのだろうか。その頃ユキはなにをしているだろう。学校は来年卒業だ。その後は？　……わからない。

「まずは、東京で会う日でも決めるか」

　うん！　と大きく頷いて、ユキはふと、いいことを思いつく。

「あっ、ねえ、そしたら、絵日記繋げようよ！　タケちゃんが持ってるやつとおれの！」

　にっこりして顔を覗き込むと、七尾は突然固まった。それから急に俯いてしまう。

「な、……んで、知ってる」

　黒髪の隙間から覗く耳が赤いのに気付いて、ユキは首を傾げた。

「え？　あれ？　説明しなかったっけ？」

「……お前っ、もう一度正座しろ！　それで今度こそ、ちゃんと説明してもらう！」

「えっ」

腕を掴む七尾の顔は、一瞬で吹き出してしまうくらい真っ赤だった。鈍いユキでもわかるくらい、ものすごく照れていた。

「第一お前、今日学校どうしたんだ！」

言われてふと、ユキは思い出した。

「あっ、そうそう。おれ学校行こうとしてたんだよね。今日模試で」

「……模試ってなんの」

「うん、来週パターンメイキングの試験なの」

「ばかやろう！」

七尾はユキの腕を掴んだまま、大股で家に引き返す。

「こんなことしてる場合かお前は！　戻って試験勉強しろ！」

「うわ、ちょ、待って待って！　――あ！」

腕を引かれながら、ユキはふと思い出した。

「……テ、テキストと型紙の入ったファイル、バスの中だ……」

「――は？」

七尾を見つけた時、バスの中に落としたままだ。あの時は必死だったから、すっかり忘れていた。

「……お前は本当に、どこまでも手間をかけさせるんだな……」

深い溜息を吐いて、七尾は頭を抱えた。

「とにかく戻って着替えろバカ！　探しに行くぞ！」

怒鳴りつけられて、ユキは笑顔で頷いた。笑ってる場合か、とまた怒られるが気にしない。

だって、どんなに怒っていても七尾は優しいし、ユキがどんなにバカでも、……どんなやつでも、ユキのことが好きだ。そう言ってくれた。

「タケちゃん大好き！」

「言ってろバカ！」

手を繋いだまま、二人して駆け出した。

大根川もあかね町も、思い出も虹さえも飛び越えて、どこへだって行ける気がした。

帰ったら、七尾のジャケットを作ろう。今度はちゃんと。

料理ももう少し練習してみよう。こちらはあまり、期待できないが。

絵日記を繋げる二人の姿を想像して、ユキは思いきり笑った。

あとがき

初めまして！　山田夢猫《やまだゆめねこ》と申します！　この度は私の初めての文庫本、『ぼくだけの強面ヒーロー！』をお手にとってくださり、ありがとうございます！

私の実家は作中舞台のような、都心から離れたレトロ感満載の町にあります。

今はもう町を出ているのですが、文庫本のお話を頂き、数年ぶりに原稿を読み返して、制作当時のことが鮮明に蘇ってきました。他に何もない田園風景、自転車を漕いでアルバイト先の古本屋から戻り、どこにでもある小さな町の人間関係や十代の頃に感じていたモヤモヤを萌えに変換して、夜が明けるまでキーボードに叩きつけていたあの頃。

まさか様々な奇跡やご縁、そしていろいろな方のお力添えが重なり、何年も経ってからこうしてあの時のお話が、本になるとは想像もできませんでした。

途方もないチャンスをくださった担当Fさまをはじめ、イースト・プレス編集部の皆様、この本にかかわるすべての皆様に心より感謝を申し上げます。ありがとうございます！

舞台となったあかね町だけでなく、ユキ・七尾との再会も、私にとってはとても嬉しいものでした。私は現実世界で会った人を面白おかしく膨らませてキャラクターにしてしまう癖があるため、懐かしい友達にまた会えたような気持ちでした。

ユキは天然でちょっとおバカさんですが、素直で物事の確信を突く子です。七尾は頭も体力もあるけれど、それを活かして人とかかわるのが苦手です。どちらも一生懸命で一途なのに噛みあわず、でも本人たちも気づかないどこかで繋がっている。いつもモヤモヤして傷つきやすい不器用な十代男子の理想の親友像（と書いて萌えと読む）が少しでも描けていたら幸いです！

そして2人を素敵なイラストにしてくださった旭炬《あさひこ》先生もありがとうございます！　ユキが超美少年、七尾がスーパー美男子になっていてびっくりしました！　うちの子ら、こんなイケメンやったんや。本文が八割増しで面白くなること間違いなしです！

最後になりましたが、初体験の書籍化作業にあたり、いろいろとご迷惑をおかけしてしまったと思われる関係者の皆様にお詫び申し上げます。これからもいっそう精進して参りますので、今後とも何卒よろしくお願いいたします。

そしてここまでお読みくださった読者様に、なによりも最大限の感謝を。ありがとうございました！　またどこかでお目にかかれるように、とにかく、いっぱい頑張ります！

山田夢猫
Twitter:ymnk724

Splush文庫

この本を読んでのご意見・ご感想をお待ちしております。

◆ あて先 ◆

〒101-0051
東京都千代田区神田神保町2-4-7 久月神田ビル7階
㈱イースト・プレス　Splush文庫編集部
山田夢猫先生／旭炬先生

ぼくだけの強面ヒーロー！

2017年5月26日　第1刷発行

著　　者　山田夢猫《やまだゆめねこ》
イラスト　旭炬《あさひこ》
装　　丁　川谷デザイン
編　　集　藤川めぐみ
発 行 人　安本千恵子
発 行 所　株式会社イースト・プレス
〒101-0051
東京都千代田区神田神保町2-4-7 久月神田ビル
TEL 03-5213-4700　FAX 03-5213-4701
印 刷 所　中央精版印刷株式会社

ISBN 978-4-7816-8608-0